ROBERT RIGBY

¡GOOOL!

Robert Rigby es el coautor de la serie juvenil *Boy Soldier*, junto con Andy McNab. También es uno de los guionistas de *Byker Grove*, una premiada telenovela británica para adolescentes. Actualmente vive en Norfolk, Inglaterra.

TAMBIÉN DE ROBERT RIGBY

Traitor

Boy Soldier

¡GOOOL!

¡GOOOL!

El SUEÑO SE INICIA...

VERSIÓN NOVELADA

ROBERT RIGBY

TRADUCIDO POR ALBERTO MAGNET

Vintage Español
Una división de Random House, Inc.
Nueva York

PRIMERA EDICIÓN VINTAGE ESPAÑOL, ABRIL 2006

Biblioteca del Congreso de los Estados Unidos
Información de catalogación de publicaciones
Rigby, Robert.
[Goal. Spanish]
¡Goool! : versión novelada / Robert Rigby ; traducido por Alberto Magnet.—1. ed.
p. cm.
Summary: Santiago, a young Mexican American, fulfills his dream of playing professional soccer after a chance encounter in inner-city Los Angeles results in a trip to England to try out for the Newcastle United soccer team.
[1. Soccer—Fiction. 2. Mexican Americans—Fiction.
3. England—Fiction. 4. Newcastle United Football Club—Fiction.
5. Spanish language materials.] I. Magnet, Alberto, 1953– II. Title.
PZ73.R512 2006
[Fic]—dc22 2005058490

Vintage ISBN-10: 0-307-27750-X
Vintage ISBN-13: 978-0-307-27750-3

www.grupodelectura.com

Impreso en los Estados Unidos de América
10 9 8 7 6 5 4 3 2 1

¡GOOOL!

Uno

La vida era mejor ahora. Santiago recostó su cuerpo esbelto y bronceado sobre la tumbona al borde de la piscina y contempló el agua clara, resplandeciente.

Se ajustó ligeramente las gafas oscuras. El sol de la tarde golpeaba desde un cielo azul despejado. También el crucifijo que llevaba al cuello le calentaba la piel morena.

El ambiente era de lujo, puro lujo de California del sur. Una brisa tibia mecía las palmeras y el agua de los aspersores jugueteaba sobre los jardines bien cuidados, formando diminutos arco iris cuando la luz del sol se reflejaba en las gotas. Más allá de la piscina, unos escalones conducían a una terraza amplia y, aun más allá, se levantaba la espaciosa mansión.

Santiago se miró de reojo el tatuaje azteca que llevaba con orgullo en el interior del antebrazo y sus pensamientos lo llevaron hacia un pasado remoto. A diez años atrás...

Santiago se ve a sí mismo, un niño de diez años, deslumbrando a sus compañeros de juego en un partido de fútbol. El escenario es un descampado polvoriento en medio de un vertedero del barrio más pobre de un pueblo mexicano hundido en la pobreza.

Cerca del campo improvisado, están las chozas de latón, situadas entre bloques de pisos hacinados, sus paredes tapizadas con llamativos graffiti. Entre las chozas asoman cuerdas para tender la ropa y el partido de fútbol de los niños transcurre acompañado por una mezcla de música salsa, gritos, bebés que lloran y el rugido del tráfico.

Pero los niños juegan, ajenos al lugar. Sólo piensan en su partido mientras corren de un lado a otro en medio del polvo.

Santiago es de una clase única. Se lleva el balón al pecho, lo deja caer a la altura de las rodillas, luego al empeine, esquiva a un rival con una finta sublime y mete un balón certeramente entre dos cajas de cerveza que sirven de portería.

Y luego el recuerdo y las imágenes se desplazan como en una pantalla de televisión que va cambiando de un canal a otro.

Santiago duerme. Siente que alguien lo sacude y abre los ojos. Su padre, Herman, lo está mirando.

—Anda, coge tus cosas, Santiago.

El pequeño se incorpora en la cama, frotándose el sueño de los ojos. Su abuela, Mercedes, está levantando a su hermano menor de la cuna.

—Rápido, Santiago.

El desconcertado muchacho de diez años coge su fotografía de la Copa del Mundo, que arrancó hace tiempo de una revista vieja, y se mete debajo de su cama en busca del único bien que atesora: su pelota de fútbol.

La imagen vuelve a cambiar, avanzando en el tiempo, hacia el interior de un camión maltrecho que se sacude mientras avanza dando tumbos en medio de la oscuridad. Santiago y su familia viajan en silencio. Otra familia y un puñado de hombres jóvenes también viajan hacinados en el viejo camión. Todos han pagado la cantidad de dólares exigida por el viaje, que es sólo de ida.

Un bebé comienza a llorar. Una cerilla ilumina el interior cuando un joven enciende un cigarrillo y, a la luz del chispazo, Santiago no ve más que rostros asustados. Se aferra a su pelota con más fuerza.

Cuando el camión se detiene, los viajeros cansados bajan al camino polvoriento y, mientras el vehículo ruge y se aleja resollando, alguien les ordena seguir a sus dos guías a través de un laberinto de cactus y arbustos de salvia.

Llegan a la frontera. Unos focos, montados sobre una camioneta de guardias fronterizos de Estados Unidos, cortan la oscuridad profunda. Los inmigrantes ilegales suben por una pendiente hacia una brecha en la valla que marca el límite. Es una valla de dos metros y medio, separada por un foso.

Cuando Santiago está a punto de llegar a la brecha, la pelota de fútbol se le cae de las manos, da unos botes y se aleja montaña abajo. Santiago se gira para ir tras él, pero su padre lo agarra de un brazo.

—Olvídalo, es sólo una estúpida pelota –dice, con un silbido de voz, irritado.

Antes de que lo hagan pasar por la abertura cortada en la valla, Santiago le echa un último vistazo a su amado balón y lo ve cruzar el foso. Su padre le da prisa.

—¡Corre! ¡Corre! ¡Corre!

Diez años atrás. Es mucho tiempo.

Santiago volvió a mirarse el tatuaje y suspiró. Oyó pisadas, pero antes de que pudiera ver quién se acercaba, sintió una mano pesada, nada amable, sobre la nuca.

—Quita de ahí. ¿Quieres perder el trabajo? Hay que recoger las hojas de la entrada. Ve a buscar la sopladora.

Santiago no dijo palabra. Se levantó, agarró la camiseta y se encogió de hombros mientras se alejaba para cumplir con las órdenes de su padre.

Cierto, la vida era mejor ahora. Pero no mucho.

Dos

La camioneta iba por Sunset Boulevard en dirección este, hacia el centro. Santiago y su padre viajaban apretados atrás, al descubierto, entre otros tres jardineros y un surtido de máquinas y herramientas de jardinería, incluyendo la sopladora para las hojas.

Santiago miró su reloj, luego abrió la cremallera de una bolsa deportiva y comenzó a sacar su equipo de fútbol. Se quitó la camiseta y se puso una camisa a rayas desteñida. Los demás hombres le hicieron poco caso. Había sido una jornada larga y agotadora. Ahora guardaban la poca energía que les quedaba para llegar a casa, sentarse y abrir una botella de cerveza.

Mientras Santiago se quitaba las botas, con sus inconfundibles cordones rojos y amarillos, el viejo sentado frente a él mostró algo de interés.

—¿Cómo van las cosas esta temporada?

Santiago se encogió de hombros.

—A dos de nuestros mejores jugadores se los han llevado los de Inmigración. Puede que vuelvan para los partidos de la liguilla. —Volvió a mirar su reloj—. Si es que llegamos a clasificarnos. Llegaré tarde.

Cuando la camioneta se detuvo junto al bordillo, Santiago ya se había cambiado y estaba listo para jugar. Saltó por la puerta trasera y se alejó corriendo hacia el parque.

A la sombra de los imponentes pasos elevados de hormigón, se extendían los tres campos de fútbol y un diamante de béisbol, todo comprimido en un espacio rodeado de instalaciones industriales.

El partido ya había empezado y cuando Santiago llegó al campo, el entrenador de los Americanitos, César, iba y venía por la línea de banda, con un cigarrillo colgando de los labios. Habían pasado muchos años desde la época de futbolista de César. Ahora tenía una barriga demasiado voluminosa, incluso para los pantalones XL que vestía. Pero sabía reconocer a un buen jugador cuando lo veía.

—¿Cómo vamos? —preguntó Santiago, sacudiendo los brazos para llamar su atención.

—Perdemos uno a cero, y llegas atrasado. ¡Ve para allá!

El balón salió fuera de banda y, mientras César se alejaba trotando a buscarla, el árbitro se acercó a Santiago y le señaló las piernas.

—No quiero a nadie lesionado. ¡Si no tienes espinilleras, no juegas!

Las espinilleras eran un lujo que Santiago nunca se había podido pagar. Pero ya había tenido ese problema antes, así que sabía exactamente lo que tenía que hacer. Cerca del campo, encontró un par de latas de basura desbordadas y casi sepultadas por un montón de cajas de cartón. Santiago cogió una y arrancó dos pedazos rectangulares. Desde lejos, casi podían pasar por espinilleras.

Se metió una dentro de cada calcetín y miró al árbitro.

—¿Vale?

El árbitro se encogió de hombros y lo dejó salir al campo. Llamar "campo" a aquel terreno era una concesión generosa, por no decir osada. Era un descampado duro como la roca, con unos pocos manchones de césped. Los "banderines" de las esquinas eran tres tambores de aceite y los restos de un viejo cochecito de bebé.

Pero eso no le importaba a Santiago. Sólo importaba el partido. El partido era la razón de su existencia.

Llegó trotando hasta su posición delantera habitual, sonriendo al ver la expresión de alivio en las caras de sus compañeros, ahora que la estrella del equipo había hecho su entrada tardía.

Durante unos minutos, Santiago buscó su lugar en el partido, moviéndose con velocidad y gracia, ejecutando fintas con destreza y adoptando posiciones perfectas que los otros Americanitos nunca lograban entender ni aprovechar. Se movía adelantado al juego, pero no del todo metido en él, así que buscó una posición más abajo.

Entonces tuvo su oportunidad. Normalmente, una oportunidad le bastaba. Se hizo un espacio y recuperó un balón que sacaba la defensa. Esquivó casi sin proponérselo a un defensa torpe, dejó a otro parado y se acercó a la portería. Desde el borde del área, descerrajó un potente tiro que pasó rozando la cabeza de un defensa atónito.

Casi le parecía oír al legendario comentarista argentino, Andrés Cantor, gritando "¡Goooollll!!!!!!"

Santiago trabajaba por las noches en un restaurante chino, un local popular y ruidoso. Recogía los platos sucios, trasladaba pesadas latas y barriles, sacaba la basura y a veces lavaba los platos sucios que los jóvenes camareros traían de las mesas.

Llevaba ahí más de seis meses y en varias ocasiones le había pedido al jefe que lo dejara trabajar de camarero, porque los camareros ganaban más. La respuesta era siempre la misma: "No, tú no eres chino".

Eso no lo podía discutir, pero por lo menos cada noche que trabajaba, Santiago volvía a casa con un poco más de dinero. Un poco más que añadía a los ahorros que guardaba en una vieja zapatilla deportiva sobre el armario del dormitorio que compartía con Julio, su hermano menor.

Después del partido de fútbol, Santiago volvía a estar atrasado. Uno de sus compañeros de equipo lo llevó en un viejo Ford Galaxy, y cuando se detuvo frente a su casa, a Santiago apenas le quedaba tiempo para ducharse, cambiarse de ropa y tal vez coger un burrito camino al restaurante. No le gustaba la comida china. La tenía demasiado vista.

Saltó del asiento del pasajero y cerró de un portazo.

—¡Gracias por traerme! —gritó y caminó por la

pendiente hacia la casa, una construcción de un piso encaramada en una colina, cerca del estadio de los Dodgers.

En el pequeño antejardín, el padre de Santiago y otro hombre tenían las cabezas metidas bajo el capó de una camioneta. Herman le lanzó a su hijo una mirada fugaz al verlo pasar a su lado y entrar en la casa.

Un comentarista de fútbol comentaba un partido a todo volumen en el televisor, situado en un rincón del desordenado salón. Estaban transmitiendo los goles de un partido entre el Real Madrid y el Barcelona y la abuela de Santiago estaba aun más atenta que su nieto menor, sentado a su lado. Había dos fanáticos del fútbol en la familia Muñez y, con sólo mirar a Mercedes, se entendía que Santiago era el segundo.

La mujer saltó de su silla cuando el Real Madrid marcó el segundo gol.

—¡Mira! ¿Qué te había dicho? —preguntó. Siempre hablaban en español en casa—. ¿Notas la diferencia desde que volvió Beckham? Nadie sabe hacer esos pases cruzados como él.

—Sí, ya veo —contestó Julio—. ¿Te importa si ahora sigo haciendo los deberes?

Santiago sonrió desde la puerta mientras su abuela apagaba el televisor y le hacía las preguntas habituales.

—¿Cómo te fue? ¿Jugaste bien?

—Ganamos cuatro a dos. Metí dos goles, debería haber metido otro. —Santiago señaló hacia la ventana con un gesto de la cabeza.

—¿Qué pasa con Papá?

—Se quiere comprar un camión.

—¿Por qué?

—Para que puedan trabajar de independientes. Su propio negocio, Muñez e hijo, ¿qué tal?

Santiago abrió su bolsa deportiva y sacó su inhalador para el asma. Tomó una bocanada rápida.

—¿Ése es el mejor plan que tiene para mí? ¿Pasarme el resto de mi vida con las uñas llenas de tierra?

Julio levantó la mirada de sus libros de texto.

—Siempre hay un plan B –dijo.

—¿Sí? ¿Y cuál sería?

—El gran Sueño Americano. Ganamos la lotería, güey.

Cuando Santiago iba hacia el dormitorio, Herman entró desde el jardín. No se le veía demasiado contento. En realidad rara vez se le veía contento. La vida no le había hecho muchos favores a Herman Muñez.

—¿Y qué pasó? —preguntó Mercedes.

—El hombre ése quiere demasiado dinero.

Santiago reprimió una sonrisa cuando miró a su padre.

—Qué lástima, Papá.

Tres

Incluso cuando estaba de vacaciones, Glen Foy se tomaba el fútbol en serio. No podía evitarlo. El campo de St. James o un terreno de juego en el Valle de San Fernando, Shearer y compañía o un puñado de niños de siete años. El fútbol era el fútbol. El fútbol era un asunto serio.

Glen estaba de visita donde su hija Val, que vivía en el sur de California con su marido y dos hijos pequeños. Y uno de esos hijos, Tom, de siete años, ahora estaba en el campo mientras su abuelo y Mamá observaban desde la línea de banda, lanzando gritos de aliento.

Sólo que en el caso de Glen, no era, precisamente, de aliento.

—¡Mantén tu posición, Tom! ¡No te pegues al montón, quédate en la punta, que es donde debieras estar!

—¡Papá! —dijo Val—, no es la final de la Copa. Tienen siete años.

—Sí, pero hay que iniciarlos cuando son jóvenes.

El acento de Glen era una mezcla inusual del sur de Irlanda y el noreste de Inglaterra. Había vivido en Newcastle y sus alrededores la mayor parte de su vida adulta. A los cuarenta y ocho años, había engordado un par de kilos desde sus días de gloria, pero aún se le veía bastante en forma, especialmente con su bronceado de vacaciones.

Al otro extremo del campo, un grupo de madres jóvenes revivía sus días de animadoras.

—¡Vamos, Wild Cats, arriba!

Los muchachos se desparramaron por el campo como un enjambre de abejas furiosas, pero el nieto de Glen se movía por el exterior de donde estaba la acción.

—¡Vamos, muchacho! ¡Métete!

Val apoyó una mano sobre el hombro de Glen.

—Tranquilo, Papá. A decir verdad, no sé si Tom tiene el alma puesta en el fútbol.

Glen dejó escapar un suspiro y se alejó. En el campo de al lado había un partido para mayores, un equipo de latinos enfrentados a un puñado de europeos con pinta de duros que lucían las camisetas de la selección croata.

Un jugador destacaba a ojos vistas. El muchacho latino recogió el balón cerca del medio campo y luego, con un asombroso arranque de velocidad, pasó a un defensa, luego a otro, y en seguida lanzó un pase perfectamente calculado que cruzó el campo. Glen perdió interés en el partido de su nieto.

El joven jugador se estaba robando el partido, a menudo burlándose de los adversarios. Al mismo tiempo, hacía que sus compañeros parecieran mucho mejor jugadores de lo que eran.

Glen empezó a recorrer lentamente la línea de banda, hasta acercarse a un tipo latino de barriga abultada. El tipo tenía un cigarrillo colgando de la boca y vociferaba instrucciones a su equipo. Pero Glen no apartó los ojos del jugador ni una sola vez. Incluso cuando no tenía la pelota, era bueno. El movimiento. Las carreras. Las fintas y los regates. Recibió un balón, burló a un jugador y, enseguida, alguien le hizo una aparatosa entrada por detrás.

—Ay, ay, ay —susurró Glen—. Eso no le va a gustar.

Pero el joven jugador simplemente se puso de pie y le lanzó a su adversario una mirada lánguida, como diciendo: "¿Esto es lo único que sabes hacer?"

Los defensas croatas se situaron cerrando una barrera, siguiendo las instrucciones que gritaba el portero. El joven jugador esperó con calma, el pie sobre el balón, haciendo señas a sus compañeros para que tomaran sus posiciones.

Cuando el árbitro pitó, pareció por un momento que el jugador iba a centrar. Pero, luego, sin mayor esfuerzo, y con sólo un par de zancadas, apuntó a portería. La pelota dibujó una curva alrededor de la barrera y se metió en la red, sin darle al portero ni un asomo de oportunidad.

—¡Caray! —susurró Glen, antes de darse cuenta de que estaba aplaudiendo.

Se acercó al entrenador.

—¿Usted le enseñó a hacer eso?

El entrenador se sonrió y mostró sus dientes manchados por el tabaco.

—Dios le enseñó a hacer eso –dijo.

—Caray —repitió Glen.

...

El viejo autobús estaba en la plaza de estacionamiento a la sombra de una hilera de árboles. En otros tiempos habría sido un autobús escolar, pero antes de que la grúa se lo llevara al desguace al acabar sus días en la escuela, lo habían arreglado y pintado a mano con llamativas escenas callejeras. Mientras esperaba, Glen examinó el trabajo artístico y leyó la palabra AMERICANITOS garabateada en un lado.

Los Americanitos caminaban relajados hacia el autobús en grupos de dos y tres, comentando el partido, los goles, las ocasiones perdidas, el juego duro de ciertos adversarios. El jugador estrella iba solo, y llevaba las botas, con sus inconfundibles cordones rojos y amarillos, colgando del cuello. Glen se dirigió a él.

—Has jugado de maravilla.

—¿Cómo?

—Has jugado muy bien —dijo Glen con una sonrisa—. Brillante—dijo, y le tendió la mano—. Soy Glen Foy. Yo también solía jugar.—Mientras le estrechaba la mano, Glen hizo un gesto hacia las botas—. ¿Qué pasa con los cordones?

El joven jugador respondió, algo avergonzado.

—Por mi madre. Son los colores de España.

—Ah, sí. ¿Todavía vive allá?

—No sé dónde vive. —Estaba claro que el chico deseaba cambiar de tema—. ¿Y dónde jugaba usted?

—Inglaterra.

—¡Inglaterra! ¿Usted jugó en la selección inglesa?

Glen soltó una carcajada.

—No, muchacho, jugué *en* Inglaterra. ¿Has pensado alguna vez en jugar como profesional?

La mayoría de los Americanitos se habían subido al autobús y algunos miraban por las ventanas cubiertas de polvo, preguntándose qué estaba pasando.

—Los equipos profesionales aquí buscan a los universitarios. Ninguno de nosotros ha ido a la universidad.

—En Inglaterra suele ser todo lo contrario. No hay muchos licenciados universitarios en primera división. Mira, cuando venía hacia California, me encontré en el avión con un agente británico que conozco. Le diré que venga a verte jugar.

Glen reparó en la mirada de duda del jugador.

—Hablo en serio. Creo que vales la pena. Trabajé de cazatalentos durante cuatro años después de colgar las botas, así que sé lo que digo.

El chofer había puesto el autobús en marcha y el entrenador del equipo se asomó a la plataforma.

—¡Venga, Santiago, vamos! ¡Ya sabes que algunos tenemos que volver a esa cosa que se llama hogar, pues!

—Santiago —dijo Glen—. ¿Santiago qué más?

—Muñez. Me llamo Santiago Muñez.

—¿Y cuándo es tu próximo partido?

—El sábado.

—Entonces te veré el sábado, Santiago.

Cuatro

Mujeres hermosas vestidas con sudaderas Adidas se paseaban, alegres, por el Sky Bar al aire libre, en el hotel Mondrian, entre bandejas de canapés y bebidas. Pero nadie comía ni bebía mucho. Se trataba de estar allí. Ver a la gente que había que ver, estrechar las manos que había que estrechar. Dejarse ver.

Barry Rankin siempre era un personaje muy visible, y destacaba como si fuera una de las estrellas de fútbol que representaba. Se sentó a una mesa en la terraza con vistas a la ciudad de Los Ángeles, y un teléfono móvil pegado al oído. Estaba disfrutando de la recepción ofrecida por Adidas para la promoción de su nueva línea de ropa deportiva. Esa llamada de larga distancia, en particular, era de uno de sus clientes más exigentes y problemáticos.

—Gavin, en el extranjero no es buena idea. En algún momento, sí, pero no ahora. Mira, si te fueras al Real Madrid o al Inter, yo ganaría un dineral, ¿verdad? Pero no haré eso. Primero pienso en tus intereses, Gavin. Estoy pensando en ti.

Barry hablaba con Gavin Harris, uno de sus clientes

más importantes y un jugador de la Premier inglesa, deseoso de acordar una venta mientras existiese la posibilidad durante el período de traspasos. Barry escuchó, paciente, mientras Gavin le explicaba por qué pensaba que debería jugar en La Liga española.

Una muchacha con una bandeja rondaba por ahí cerca y Barry le hizo señas para que le trajera otra copa, sólo la segunda. Cogió una copa de la bandeja, tomó un trago y reanudó la conversación de larga distancia.

—Pero piensa en las desventajas, Gavin. Un país extranjero, comida extranjera. Recuerda que a ti la única comida extranjera que te gusta es el curry. Créeme, no conseguirás un buen *vindalú* en Madrid. Mira, tienes que confiar en mí en este asunto. Estoy en ello y lo tendré resuelto antes de que acabe el período de traspasos. Ahora, debo irme. Tengo que hablar con alguien. Mis saludos a Cristina. Adiós, Gavin.

Colgó y se reclinó en su silla. No *tenía* que hablar con nadie, pero había una o dos personas con las que quería cruzar unas palabras, entre ellas la rubia que le había traído la copa. Se levantó para pasearse por la terraza cuando sintió una mano en el brazo.

—Barry, ¿es un buen momento para que hablemos?

Barry se dio vuelta, luciendo su sonrisa más amable. Al fin y al cabo, hasta podría ser Sir Alex Ferguson.

No era un buen momento. Se vio de frente con una cara que había visto en alguna parte hacía tiempo, aunque no conseguía dar con su nombre. Pero la sonrisa seguía ahí. Aquel encuentro podría acabar en un negocio y Barry estaba siempre dispuesto a cerrar un trato.

—Tan bueno como cualquier otro, eh...

—Glen. Glen Foy.

—Por supuesto, Glen. ¿Qué haces por aquí?

—De vacaciones, visitando a mi hija.

—Qué bien. ¿Lo estás pasando bien? Todo es un poquito surrealista por aquí, ¿o no? El país de los sueños.

Glen suspiró. Tenía el presentimiento de que esto no iba a ser fácil.

—Te llamé por teléfono, ¿recuerdas? Acerca de ese muchacho que vi jugar. Realmente, tendrías que conocerlo antes de volver.

—Por supuesto que lo recuerdo, Glen. Pero mi vida es una reunión tras otra, hombre. Apenas tengo tiempo...

—Es un joven mexicano —dijo Glen rápidamente, decidido a no dejar que Rankin le diera el esquinazo—. Jugaba en un campo lleno de agujeros de topos, pero es un chico especial. Te lo digo, me deslumbró, y a mí no me deslumbran fácilmente.

Sonó el teléfono de Barry. Miró la pantalla y optó por ignorar la llamada.

—Hay un montón de buenos muchachos por estos lados, Glen. Y no hay suficientes equipos para todos.

Glen se esperaba esa respuesta. Era el momento de recurrir a la carta que traía bajo la manga.

—La última vez que me encandiló alguien fue un muchacho llamado Jermain Defoe. Mi gente no lo quiso y tú tampoco.

Barry levantó ambas manos.

—Ya, ya, está bien. No le eches más sal a la herida.

—El muchacho juega en UCLA el próximo sábado. A las dos de la tarde. ¿Vendrás?

Barry asintió, aparentemente convencido.

—Allí estaré. Está decidido. —Su teléfono sonó y él volvió a mirar la pantalla—. Tengo que contestar esta llamada, Glen. Cuestiones de trabajo.

—¿Irás... ?

—Iré. Ahora, relájate. Tómate un trago, come algo. Relájate.

Cinco

El autocar de los Americanitos estaba bastante más lleno que de costumbre mientras rodaba por Sunset Boulevard, cruzando el magnífico barrio de Beverly Hills. El partido de hoy se disputaba en la tierra del *glamour,* y a los jugadores los acompañaban sus amigas y novias, que querían vivir la emoción del ambiente, sentirse parte del acontecimiento. Al menos por una tarde.

Santiago iba en la parte trasera con su abuela y su hermano. Miraba por la ventana y se notaba que estaba nervioso e irritable.

Mercedes estaba visiblemente enojada. Llevaba rato con ganas de decir algo, desde que habían subido al autobús, y sus dos nietos sabían lo que les esperaba.

—Tu padre debería estar aquí para verte.

—Es sólo un partido más —dijo Santiago encogiéndose de hombros, aparentando una indiferencia que no sentía.

—¡No lo es!

Santiago se giró para mirar a su abuela.

—¿Sabes lo que me dijo cuando le conté lo del agente?

—No me cuesta nada imaginarlo.

—Dijo: "Las estrellas de cine tienen agentes. ¿Qué quiere un agente contigo?" Y le conté. Le conté que el agente me vio, que me dará un contrato, me voy a Europa, gano mucho dinero y vuelvo y compro una casa en el barrio oeste. ¿Y sabes lo que dijo él?

Julio leía un libro y, aparentemente, no escuchaba la conversación. Pero levantó la mirada y repitió la frase de Herman que todos habían escuchado tantas veces.

—Hay dos tipos de personas en este mundo. Gente con casas grandes y gente como nosotros, que les cortamos el césped y lavamos sus carros.

—Eso es exactamente lo que dijo —confirmó Santiago, y su hermano volvió a su libro—. Cree que la única manera de mejorar es comprando un camión para tener nuestro propio negocio de jardinería. Menudo negocio.

Mercedes suspiró.

—Tu padre ha tenido una vida muy dura.

Santiago se miró los vaqueros rotos y la camiseta desteñida.

—¿Y nosotros no?

El campo estaba bien cuidado, mejor que cualquier otro en que hubiesen jugado los Americanitos. El césped estaba en excelentes condiciones y a Santiago le recordó esos jardines que él tardaba horas en cortar. Y no sólo el campo era diferente. A ambos lados había gradas para los espectadores, e incluso un marcador.

Más allá de la línea de banda, los Galaxy Reserves recibían instrucciones antes del inicio del partido de parte de unos cuatro entrenadores, todos vestidos con idénticos chándales. Junto a ellos había mesas con ventiladores eléctricos, pequeñas neveras repletas de refrescos e hileras de botellas de agua. Para completar el cuadro, unas animadoras muy monas comenzaban a repasar sus coreografías perfectamente ensayadas.

Los Americanitos y sus elegantes novias, que ese día vestían faldas ceñidas y grandes aros en las orejas, miraban todo boquiabiertas. Nunca habían visto nada igual. Aquello era otro mundo.

César, con su cigarrillo colgando de la boca como de costumbre, miró los rostros ansiosos de sus propios jugadores mientras ellos miraban a los chicos americanos, bronceados, atléticos, esperando a entrar en el campo.

César escupió su cigarrillo.

—Vamos, muchachos, hoy tenemos que superarnos. De acuerdo, esos tipos se ven bien, pero eso no quiere decir que jueguen bien. ¡Salgan y demuestren lo que pueden hacer los Americanitos!

Al grito de aliento de César siguió un coro de exclamaciones tímidas como "así se habla" y "de acuerdo", pero el corpulento entrenador temía que los Galaxy Reserves tuvieran el partido ganado antes de haberle dado a la pelota. Incluso Santiago parecía nervioso. Pero los nervios se debían a otra razón: ésta era la oportunidad con la que Santiago siempre había soñado.

Más allá de la línea de banda, en las gradas, vio a un hombre que le hacía señas. Era Glen. Santiago le devolvió el saludo. Si Glen había venido, también tendría que estar el agente.

Mientras sus compañeros corrían hacia el campo, Santiago se arrodilló junto a su bolsa deportiva, se giró y cogió su inhalador. Sólo una bocanada rápida, que pasó inadvertida. Los únicos que sabían lo de su asma eran los de su familia, y él prefería que quedara así.

Glen estaba sentado con su hija y, a medida que los equipos se formaban en filas, sus ojos buscaban entre los espectadores a Barry Rankin. Todavía no había llegado.

El partido no había comenzado bien para los Americanitos. Ya perdían por un gol y luchaban por hacerle frente a un equipo bien organizado que jugaba un fútbol disciplinado.

La ventaja de tener cuatro entrenadores, en el caso de los Galaxy Reserves, saltaba a la vista. En la defensa eran ordenados y eficientes, y también lo eran en el mediocampo y en el ataque y, aunque nadie destacaba, como equipo eran bastante eficaces.

Santiago jugaba bastante más atrás de su posición preferida, tratando de ordenar el mediocampo, intentando provocar una ocasión.

Si resultaba frustrante para Santiago, lo era aun más para Mercedes, y para Julio, que se movía inquieto a su lado.

—No pueden dominar. Santiago está muy atrás. Muy atrás. Debiera estar más adelantado.

—Si se va hacia adelante no le pasarán la pelota —dijo Julio.

En el otro extremo, Glen también estaba preocupado. No sólo porque Santiago se esforzaba en demostrar su verdadera capacidad, sino porque tampoco había señales de Barry Rankin.

Los seguidores de los Americanitos lanzaron vivas alentadores, y cuando Glen terminó de pasar revista a las gradas, vio a Santiago que se libraba de una entrada en medio de su propio campo. Esquivó a un mediocampista y salió disparado en una larga carrera por el lateral. Al girar hacia el centro, un defensa intentó cortarle el paso con una entrada, pero Santiago lo burló como si ni existiera, y volvió a abrirse buscando ayuda. Continuó su carrera pero no encontró a nadie para pasarla.

En solitario, Santiago sintió un impulso vibrante. Lanzó un tiro con el pie izquierdo desde un ángulo muy cerrado, un trallazo que pasó al lado del arquero y se hundió en el fondo de la red.

—¡Bien! —gritó Mercedes.

—¡Muy bien! —aulló Glen. Se giró hacia su hija—. ¿Lo ves? De esto te hablaba. ¡Y ese imbécil de Rankin ni siquiera ha venido para verlo! ¿Me prestas tu móvil?

Barry Rankin tenía la mirada fija en otra parte. Estaba estirado en una tumbona en la casa de alguien en la playa —no recordaba exactamente quién era— admirando a una chica en bikini que merodeaba por la piscina. La música, estruendosa, provenía de un aparato de CD. Rankin estaba disfrutando de un trago largo y refrescante cuando sonó su móvil.

Sin pensarlo, lo abrió y contestó la llamada.

—¿Diga?

No tuvo oportunidad de hablar durante los siguientes treinta segundos mientras Glen le reprochaba, furioso, no haber venido al partido.

Cuando por fin Glen hizo una pausa para respirar, Barry aprovechó la oportunidad.

—Escucha, Glen, escucha. *No* me he olvidado. Llevo toda la mañana en una reunión, desde el desayuno.

—¡Una reunión con música!— gritó Glen.

Barry le hizo señas a la muchacha a su lado para que bajara el volumen de la música.

—Acabo de terminar, compañero –dijo—. Estoy almorzando algo tarde. Mira, estoy teniendo serios problemas para cerrar este trato con Gavin Harris.

—Pero aquí tengo un muchacho que es especial. Muy, muy especial.

—Sí, lo sé. Me lo dijiste. ¿Puedes conseguir un video del muchacho?

—¡Video! ¿Estás loco? Olvídalo, Barry, y espero que te atragantes con tu famosa comida.

Glen colgó y Barry se quedó con el auricular, sin tener a nadie del otro lado. Consciente de que lo miraban las tres chicas que estaban más cerca, sonrió y se encogió de hombros.

—Mala conexión.

Gracias principalmente al inspirado gol de Santiago y a su actuación en general, el partido terminó en empate a uno. Los Americanitos mejoraron su juego en el segundo tiempo y casi sentenciaron el partido cuando, cerca del final, su mejor jugador estrelló un disparo contra el travesaño.

Pero un empate era un buen resultado y, mientras Santiago se reunía con su abuela y Julio en las afueras del campo, vio a Glen caminando hacia ellos.

—Has jugado magnífico, hijo.

Santiago se lo agradeció, asintiendo con la cabeza.

—Le presento a mi abuela y a mi hermano.

—¿Y usted es el agente? —preguntó Mercedes rápidamente.

—No, abuela— dijo Santiago—. Este señor le pidió al agente que viniera.

Glen no habría querido decir lo que venía a continuación pero ellos tenían que saberlo.

—Me temo que no ha venido. Me ha fallado. Me ha dicho que tenía trabajo, la excusa de siempre.

Vio a Santiago cabizbajo y se sintió aun peor por haberle dado ilusiones al muchacho.

Mercedes era más optimista.

—¿Entonces vendrá para el próximo partido, sí?

—Me temo que no. El agente regresa a Inglaterra mañana, y yo también. De verdad que lo siento, Santiago.

Santiago se agachó y recogió su bolsa deportiva.

—Supongo que mi viejo tiene razón. Uno se atreve a soñar, pero eso es todo lo que puede llegar a ser, un sueño...

Seis

Al parecer, la barbacoa era una despedida. La familia, más unos pocos vecinos, todos reunidos afuera, en el patio trasero, divirtiéndose, todos deseándole a Glen buen viaje al final de sus vacaciones. La familia estaba presente, y los vecinos también, pero el homenajeado estaba ausente.

Glen estaba dentro de la casa, sentado sobre el brazo de una silla en el escritorio familiar. Llamaba a Europa, y esperaba con impaciencia a que alguien contestara. Glen sentía que había defraudado a Santiago.

En su propia carrera como jugador, nunca había sido objeto de grandes titulares, ni había sido uno de esos genios que ponen al público de pie en un abrir y cerrar de ojos con una carrera o una volea impresionante desde fuera del área. Glen había sido más bien un jugador tenaz, el tipo fiable que nunca se daba por vencido. Y tampoco pensaba rendirse ahora, mientras quedara una posibilidad. Remota, casi nula, pero una posibilidad.

Contestaron la llamada y una voz somnolienta murmuró.

—¿Diga?

—Señor Dornhelm, soy Glen Foy.

En Newcastle, Erik Dornhelm oyó suspirar ruidosamente a su esposa mientras él se despejaba y echaba una mirada al reloj digital. Las 03:32.

—¿Glen... ? ¿Nos conocemos, señor Foy?

—Yo era su cazatalentos cuando usted llegó al club. Me despidió. Bueno, no me despidió. En realidad, prefería trabajar con su propia gente. Le entiendo y no le guardo rencor.

—¿No? ¿Entonces por qué diablos me llama a las tres y media de la madrugada?

Glen sonrió. Al menos no le había colgado enojado. Todavía no.

—Estoy en California. He visto a un jugador aquí. Creo que es un talento notable.

—¿Y para quién juega este talento notable?

—Está en una liga local, pero el asunto es que yo tomo un avión de vuelta a casa mañana y necesito que usted me prometa algo.

La esposa de Dornhelm se dio media vuelta y murmuró entre dientes "¡Erik!" mientras se tapaba la cabeza con el cubrecama.

—Señor Foy —dijo Dornhelm en voz baja—. ¿Me ha llamado a esta hora y me ha despertado sólo para que yo le haga una promesa?

—Sí. Si el muchacho toca a su puerta, ¿lo atenderá? Déle una oportunidad, es todo lo que le pido.

Dornhelm rió por lo bajo.

—¿Nada más, eh? Y si le hago esta promesa, ¿puedo volver a dormir?

—Sí, por supuesto, señor Dornhelm.

—Entonces, de acuerdo, señor Foy. Buenas noches.

Colgó y Glen sonrió. De pronto la carne que chisporroteaba en la parrilla tenía una pinta mucho más apetitosa.

Santiago y su familia salieron de la iglesia a la luz del mediodía. Era una mañana de domingo, y el sacerdote esperaba en la puerta, como era su deber, saludando con un apretón de manos a cada uno de los fieles que salían de misa.

Santiago bajaba las gradas cuando oyó un bocinazo breve desde el Ford Explorer aparcado al otro lado de la calle. En el asiento trasero había unos niños, junto a varias maletas y, en el asiento del copiloto, al lado de Val, estaba sentado Glen.

Le hizo señas a Santiago cuando se vieron, bajó del coche y cruzó la calle corriendo.

—Me alegro de verte. He llamado a tu entrenador. Me dijo dónde encontrarte.

¿El agente? —preguntó Mercedes—. ¿Vendrá a ver a Santiago?

—Mejor todavía —dijo Glen—. Santiago, si puedes llegar a Inglaterra, el Newcastle United te hará una prueba.

Santiago lo quedó mirando fijo.

—¡El Newcastle! ¿Me está tomando el pelo?

Antes de que Glen pudiera contestar, Herman cogió a Santiago del brazo y le habló en español.

—¿Qué es todo esto? ¿De verdad crees que puedes ir y jugar al fútbol en Inglaterra? *Pamplinas.* —Se giró hacia Glen y volvió a hablar inglés—. ¿Por qué le llena la cabeza de ideas como éstas? ¿Quién diablos se cree que es usted?

Y se alejó mientras todos se movían, nerviosos, avergonzados. Todos menos Mercedes, que se giró hacia Glen.

—¿Y él tiene que atravesar medio mundo por algo que usted le dice? Le está pidiendo algo muy importante a Santiago.

—No le estoy pidiendo que lo haga. Le estoy diciendo que *debiera* hacerlo. Su nieto tiene un talento especial y, créame, detesto ver que un talento especial se desperdicie. El director técnico del Newcastle me ha prometido que le hará una prueba a Santiago. El resto depende de él.

La bocina del Explorer volvió a sonar. Se giraron y vieron a Val, que señalaba el reloj y le hacía señas a Glen para que volviera al coche.

—Debo irme o perderé mi vuelo —dijo Glen, mientras metía una mano en el bolsillo y sacaba una tarjeta. Se la pasó a Santiago—. Aquí tienes los números de teléfono de mi casa y del trabajo. Espero verte pronto, Santiago. Realmente lo espero.

...

Dinero. Efectivo. Dólares. Mientras Santiago contaba sus ahorros esa tarde, sentado en su dormitorio, se dio cuenta de que su padre tenía razón en al menos una cosa: el mundo entero giraba en torno al dinero. La necesidad de dólares, la búsqueda de dólares y, en su caso, la falta de dólares.

Todavía no tenía suficiente para llegar a Inglaterra, pero mientras volvía a poner los dólares en su vieja zapatilla deportiva, Santiago se prometió a sí mismo que ganaría lo que fuera necesario para el viaje. Tardaría un tiempo, pero lo conseguiría.

Hasta ahora, Santiago nunca había tenido un objetivo muy claro para sus ahorros. Simplemente le había parecido una buena idea. Ahorrar para algo, algún día. Ahora sabía perfectamente por qué ahorraba. Tenía una meta. Viajaría a Inglaterra. A Newcastle.

Estaba a punto de esconder la zapatilla en el armario cuando la puerta de su habitación se abrió y entró Julio con una pelota de béisbol en una mano y un guante de cuero en la otra.

Rápidamente, Santiago ocultó la zapatilla detrás de la espalda y se sentó sobre la cama.

—¿Por qué no llamas antes de entrar?

—Porque también es mi habitación —dijo Julio, sentándose en su propia cama. Lanzó la pelota con fuerza contra el guante—. ¿Tienes suficiente?

—¿Qué?

—Santiago —dijo Julio, como si le estuviera hablando a un hermano menor—, todos sabemos que guardas tu dinero en la zapatilla.

—¿De verdad? Santiago puso la zapatilla delante de él y suspiró. ¿No sería posible tener un poco de privacidad?

—No —dijo Julio, pasando la pelota a la otra mano—. ¿Entonces, te vas?

—La abuela cree que debería irme.

—¿Y Papá, qué tal?

—No le he preguntado. No tiene sentido. —Santiago se levantó y devolvió la zapatilla al armario. Cuando se dio vuelta, su hermano menor le lanzó la pelota, a un brazo de distancia. Santiago se inclinó para cogerla pero le dio en los dedos y cayó al suelo. Julio rió.

—Será mejor que te vayas, Santiago. Está claro que el béisbol no es lo tuyo. ¿A qué distancia queda Inglaterra?

Santiago se agachó, recogió la pelota y se la lanzó de vuelta a su hermano.

—En este momento, a unos cuatrocientos dólares de distancia.

Cuatrocientos dólares. Sólo era calderilla para la gente rica en cuyas casas trabajaba Santiago, pero para él era mucho. No le quedaba más remedio que perseverar. Esa misma tarde, en el restaurante chino, inició su plan para ganar el dinero suficiente. En primer lugar, le pidió a su jefe que le diera todos las horas extra que tuviera disponibles.

También, recurrió a sus propias y especiales destrezas en los ratos de descanso.

Dos de sus compañeros de trabajo miraban en el callejón, en la parte trasera del restaurante, mientras Santiago daba toques al balón, sin mayor esfuerzo.

—Muy bonito, Santiago —gritó uno de ellos—. Pero por eso no pienso darte mi dinero.

—Yo tampoco —gritó el otro joven latino—. Y no dejes que toque el suelo. Dijiste que sin tocar el suelo.

Santiago sonrió y levantó la cabeza por un momento mientras medía la distancia. Luego elevó el balón un poco más con el pie derecho y justo antes de que tocara el suelo, de un golpe certero lo hizo volar. El balón cayó exactamente donde tenía que caer, dentro de una lata de basura a más de veinte metros de distancia.

—Cinco dólares cada uno —dijo mientras sus amigos hurgaban en sus bolsillos por el dinero.

En los días siguientes, Santiago trabajó como nunca lo había hecho. No le mencionó su plan a su padre. Sólo se dedicó a cortar el césped, recoger hojas, arreglar macetas y, lo más aburrido y agotador de todo, desbrozar la maleza muerta a golpe de machete. Cualquiera que fuera el trabajo, sin importar lo agotador que resultara, él cumplía, sin reclamar. Y cada tarde, mientras le ponían la paga del día en sus manos, calculaba mentalmente cuánto le faltaba para llegar a los cuatrocientos dólares.

Su padre lo observaba, pero no decía palabra.

Para Santiago, la única distracción de la tediosa rutina eran los partidos de los Americanitos. Jugar nunca era un trabajo pesado; él vivía para el fútbol.

El autobús solía dejarlo frente a su casa después de los

partidos. Y un día, cuando había bajado de vuelta de un partido de fin de semana, se fijó en una camioneta estacionada cerca de la casa. No era nueva, quizás tendría unos cinco años, pero era evidente que la habían lustrado para que luciera lo mejor posible.

Al comienzo, Santiago no le hizo caso, pero a medida que se iba acercando vio la carga en la parte trasera. El cortacésped, las mangueras, la sopladora para las hojas, los rastrillos y las palas. Herramientas que le eran familiares.

Entonces se dio cuenta. Entonces supo.

Corrió hacia la casa, abrió la puerta de la entrada, pasó junto a su abuela en la cocina y, después, junto a su padre, que miraba la televisión.

Santiago fue directo a su habitación y abrió la puerta del armario. Le temblaban las manos mientras buscó su zapatilla vieja. Aún estaba ahí pero cuando la bajó y miró en su interior, vio exactamente lo que se temía. Nada. El dinero no estaba.

Por un par de minutos, se quedó totalmente quieto, tratando de conservar la calma, intentando mantener una respiración normal. Y luego, con la zapatilla deportiva en la mano, volvió al salón.

Su padre dejó de mirar la televisión cuando sintió los ojos de Santiago clavados en él.

—Tú lo tomaste. ¿Cómo has podido hacer eso?

—Pagué cuatro mil quinientos por el camión —dijo Herman en voz alta, antes de que Santiago pudiera seguir—. A ti te saqué mil doscientos pero te estoy dando la mitad del negocio. ¡Es un buen trato!

Mercedes se asomó a la puerta de la cocina.

—¿Tú has tomado su dinero? ¿Le has robado?

—¡No te metas, Mamá! —dijo Herman, levantándose de su asiento.

—¡Tú sabías para qué era el dinero! —gritó Santiago, incapaz de moderar su tono de voz. Arrojó la zapatilla vacía al suelo—. ¡En dos semanas más habría tenido suficiente!

—¡Para tu estúpido sueño! —La cara de Herman estaba roja de ira—. ¡Gran jugador en Inglaterra! ¡Pamplinas! Y cuando fracases, ¿cómo vas a regresar a este país si no tienes papeles?

—¡No fracasaré! ¿Crees que tengo que darme por vencido y seguir haciendo lo mismo que haces tú?

Padre e hijo se fulminaron con la mirada, los ojos desorbitados, los puños apretados. Herman se adelantó unos pasos, hasta tener la cara a sólo centímetros de Santiago. Habló con una voz profunda y ronca mientras intentaba reprimir su furia.

—¿Lo que yo hago? Yo te diré lo que hago. En México trabajé día y noche para poder llegar a Estados Unidos. Cuando tu madre nos abandonó, ¡yo mantuve a esta familia unida!

—¡No metas a mi madre en esto!

Santiago quiso darse media vuelta, pero su padre lo cogió del brazo.

—Trabajé. Gané suficiente para conseguirnos esta casa. Ahora tenemos nuestro propio negocio, todo está mejorando.

—¡Para ti! –dijo Santiago, y se soltó—. ¡Pero no para

mí! —Santiago miró a su abuela, que suspiraba y sacudía la cabeza. Los dos se dieron media vuelta. Mercedes volvió a la cocina y Santiago a su habitación.

Sentía el pecho apretado y le costaba respirar. Abrió el cajón de su mesilla de noche al lado de la cama y cogió el inhalador. Lo necesitaba. Urgentemente.

Siete

Al presidente del Newcastle United, Freddie Shepherd, se le veía contento. A Barry Rankin también. Y lo mismo sucedía con Gavin Harris. Y Erik Dornhelm se aseguraba de que a él también se le veía contento.

Y la verdad es que lo estaba. En lo fundamental. La última compra del club era buena, no había duda. Por ocho millones cuatrocientas mil libras, tenía que ser bueno. Ahora que cobraba emoción la segunda mitad de la temporada para conseguir esa vital clasificación en la Liga de Campeones, un centrocampista diestro, agresivo y que marcara goles era exactamente lo que el equipo necesitaba.

Gavin Harris era todo eso. Y algo más. Lo precedía toda una leyenda, con su reputación de *playboy.* Una serie de figuraciones desafortunadas en primera página de los tabloides habían eclipsado a los numerosos reportajes de última página sobre su arte como futbolista y sus exitosas actuaciones.

Fichar a Harris era una apuesta, pero si contribuía a ganar una plaza en la Liga de Campeones, era una apuesta que tanto Freddie Shepherd como Erik Dornhelm estaban dispuestos a asumir. Dornhelm no era fácil como director técnico, y también tenía su reputación de tipo rudo que no admitía tonterías para imponer la disciplina.

Sentado ante los focos, Gavin Harris era toda una figura, flanqueado por Dornhelm y Shepherd. Vestía ropa informal, pero de diseñadores de primera línea, exclusivos, un informal caro.

El club había decidido presentar a su nuevo fichaje en la sala de conferencias de uno de los mejores hoteles de Newcastle. Los tres hombres eran variaciones de una misma sonrisa tras el enjambre de micrófonos en la mesa frente a ellos. Las cámaras disparaban sus flashes y los fotógrafos buscaban el mejor ángulo mientras los reporteros formulaban las preguntas de rigor.

Barry Rankin se paró a un costado del escenario. Su sonrisa era la más satisfecha de todas. Había trabajado duro para ganar esa negociación, mucho más de lo que podría imaginar su cliente. Barry opinaba que se merecía cada centavo del porcentaje que cobraría por la transferencia de Gavin Harris.

—Es un gran honor incorporarse al Newcastle United —dijo Gavin en respuesta a la pregunta de un reportero—. Durante años, Alan Shearer ha sido mi héroe. Me siento muy agradecido de tener la oportunidad de jugar con él en el mismo equipo.

Dornhelm asintió y siguió sonriendo. Hasta ahora, bien. El muchacho decía justo lo que había que decir.

Ya era hora de cerrar el encuentro, cuidadosamente orquestado, mientras le favorecieran las circunstancias.

El jugador se levantó sosteniendo una flamante camiseta blanca y negra del Newcastle United con el nombre HARRIS impreso en la espalda.

—Este es un día muy importante para el club. Gavin es un jugador muy talentoso. Debiera calzar muy bien con nuestros esquemas. Es una satisfacción para mí hacerle entrega de esta camiseta.

Gavin se puso de pie y los dos hombres sujetaron la camiseta mientras los flashes volvían a dispararse.

Puede que Dornhelm tuviera ganas de cerrar el evento, pero algunos reporteros tenían otras intenciones.

—Ganar la liga parece imposible, Erik —gritó uno—. ¿Qué metas realistas se ha fijado para lo que queda de la segunda vuelta?

—Clasificarnos en la Liga de Campeones. Un fútbol europeo de óptima calidad es esencial para un club como éste.

—Entonces tendrán que empezar a acumular puntos en los partidos que quedan, ¿no? –preguntó un segundo reportero desde el otro lado de la sala.

Dornhelm ya tenía preparada la respuesta diplomática sobre la calidad de los adversarios en la Premier inglesa, pero antes de que pudiera responder, Gavin Harris contestó.

—No debiera ser un problema —dijo, y miró a Dornhelm—. Que vengan, que nada los detenga, ¿eh, jefe?

Dornhelm siguió sonriendo, pero no respondió. En su mente, ya imaginaba los titulares del día siguiente, en la última página: HARRIS EL ARROGANTE DICE QUE EUROPA NO ES PROBLEMA.

Al lado del estrado, Barry Rankin seguía sonriendo. Dejó escapar un profundo suspiro de alivio, muy satisfecho de que el acuerdo se hubiera cerrado de una vez por todas.

—¿Dónde está tu padre?

Santiago estaba parado con su camiseta en una mano, listo para darse una ducha rápida antes de empezar su turno en el restaurante chino. Por lo visto, su abuela y su hermano lo habían estado esperando en casa, y era evidente que tenían que decirle algo.

—Ha ido a El Monte a comprar un repuesto para su precioso camión. ¿Por qué?

—Bien —dijo Mercedes, mientras se dirigía a la vieja cómoda a un costado de la sala—. Él no tiene por qué escuchar esto. —Abrió el cajón, sacó un sobre marrón grande y vació el contenido sobre la mesa.

—Un billete de tren a San Diego. Un billete de autobús a Ciudad de México.

A Santiago casi se le cayó la camiseta de las manos.

—¿Ciudad de México?

—No puedes volar a Londres desde Los Ángeles —dijo Julio. No tienes papeles.

Santiago miró a su abuela y luego a su hermano y de vuelta a su abuela.

—¿Qué está pasando aquí?

A modo de explicación, Mercedes recogió el tercer billete sobre la mesa.

—Éste es tu billete de avión. Está fechado de aquí a una semana para darte tiempo de sacar tu pasaporte.

—¿Pasa... ?

Santiago cayó en la cuenta de lo que había hecho su abuela.

—¿Cómo has hecho esto? ¿De dónde has sacado el dinero?

Mercedes se encogió de hombros.

—He trabajado duro toda mi vida. Tengo ahorros.

—*Tenía* ahorros —corrigió Julio—. Y también vendió unas cosas.

—¿Qué cosas?

Mercedes le lanzó una mirada fulminante a su nieto menor y se volvió a encoger de hombros.

—Cosas del pasado. No te preocupes, es para tu futuro.

—Abuela, no puedo...

—No empieces a decirme lo que no puedes hacer. Esto se trata de lo que *sí* puedes hacer, de lo que *debes* hacer.

Santiago miró a su hermano.

—¿Tú sabías todo esto?

Julio sonrió.

—Por supuesto que lo sabía. Tú eres el único que no se entera de nada aquí. Tienes que irte. Quiero tener nuestra habitación para mí solo.

Julio conservaba un semblante decidido. Todos tenían

la misma expresión, ahora que el sueño de Santiago de viajar a Inglaterra estaba a un paso de convertirse en realidad.

—Pero date una ducha antes de irte —dijo Julio—. Hueles realmente mal.

—¿Esta noche? —preguntó Santiago a su abuela—. ¿Me voy esta noche?

Mercedes asintió.

—Antes de que llegue tu padre a casa. Más vale que vayas a hacer la maleta.

Santiago se acercó a su abuela y a su hermano, los abrazó y los estrechó con fuerza. Los tres tenían lágrimas en los ojos.

—Julio tiene razón —dijo Mercedes entre lágrimas—. Será mejor que te duches.

Ocho

El funcionario de inmigración en el aeropuerto de Heathrow miró detenidamente la foto en el flamante pasaporte mexicano. Luego, levantó la mirada y escrutó el rostro de Santiago con la misma atención.

Santiago lo miró con una sonrisa tímida. Pero el funcionario no le devolvió la sonrisa porque volvía a estudiar detenidamente la foto. Y a alzar la mirada. Esta vez Santiago no sonrió.

—¿Motivo de la visita?

—¿Perdón?

—¿Negocios o placer?

—Ah –dijo Santiago—. Negocios. Sí, negocios.

Santiago reparó en aquel ceño fruncido y entendió que su interlocutor pensaría que ese joven no tenía aspecto de hombre de negocios.

—Soy jugador de fútbol. Es decir, espero serlo.

El ceño fruncido se acentuó.

—¿En qué equipo?

—En el Newcastle United.

—¿No me digas? Un momento. –El hombre se giró y llamó a uno de sus colegas. En la larga cola detrás de

Santiago, otros viajeros cansados suspiraron, con los hombros visiblemente hundidos ante la perspectiva de otro contratiempo. Estaban cansados e irritados. El avión había llegado con más de una hora de retraso con respecto a lo programado a esa temprana hora de la mañana.

—Este joven quiere jugar en su equipo, señor Henderson —dijo el funcionario cuando su colega se acercó al mostrador.

Santiago esperó mientras el segundo hombre lo sometía a una inspección visual tan rigurosa como la del primero.

—¿En el Newcastle? —preguntó, finalmente.

—Sí, señor —respondió Santiago, nervioso.

—En ese caso, será mejor que lo dejes pasar —dijo el segundo funcionario, que tenía un fuerte acento *geordie*—. Necesitamos toda la ayuda que nos puedan prestar.

Glen Foy estaba concentrado en su trabajo. Desde que lo habían despedido como cazatalentos, Glen había fundado su propia y exitosa empresa, dedicada a otra de sus pasiones, los coches antiguos. Y aunque ningún Jaguar E-type, Morris Minor o Triumph Herald podía despertar en él la misma fascinación que sentía al ver por primera vez a un jugador lleno de talento pero desconocido, disfrutaba de su trabajo.

Se decía alegremente a sí mismo que encontrar viejos vehículos para restaurar no era tan diferente a buscar nuevos valores para el fútbol. Los dos exigían un ojo experto, el don de evaluar el potencial y la confianza para pasar rápidamente a la acción y adelantarse a la competencia. Sabía que se engañaba a sí mismo, pero esa idea le ayudaba. La restauración de coches era sólo un trabajo; el fútbol era algo que llevaba en la sangre.

Foy Motors (Glen no se había devanado los sesos para inventarse una marca) daba trabajo a tres mecánicos y a una recepcionista y factótum, que compartía despacho con Glen. Sin embargo, lo fundamental era el taller y, en cuanto podía, a Glen le gustaba meterse ahí dentro y embadurnarse las manos.

Estaba examinando un E-type sostenido por un gato hidráulico, comprobando el tubo de escape, cuando oyó una voz femenina que gritaba por encima del ruido de la radio, siempre encendida, y del que metían los hombres trabajando.

—¡Te llaman por teléfono, Glen!

Se limpió las manos en un trapo grasiento, entró en el despacho y cogió el auricular.

—Hola, Glen Foy al habla.

—Glen, soy yo, Santiago.

—Santiago –dijo Glen, realmente contento de escuchar la voz del joven—. Cuéntame, ¿cómo estás, hijo?

—Estoy bien, Glen. Estoy bien.

—Se escucha muy bien. Cualquiera diría que estás en Newcastle.

—No tanto. Estoy en Londres, en el aeropuerto de Heathrow.

Siguió un silencio y, por un momento, Santiago tuvo la horrible certeza de que había cometido un error, que a Glen nunca le había interesado de verdad que viajara hasta Inglaterra.

—¿Glen? ¿Glen, estás ahí?

Oyó que Glen reía.

—Claro que estoy aquí, chaval. Me has dado una sorpresa, eso es lo que pasa. Lo has conseguido. Has venido.

—Quiero jugar en el Newcastle.

Glen volvió a reír.

—Entonces lo mejor será que encuentres la estación de King's Cross, chaval.

Santiago tardó un par de horas en dar con King's Cross, pero finalmente lo consiguió. Miles de viajeros iban de un lado a otro de la estación, subiendo o bajando de prisa de los trenes, mirando los tableros de los horarios, haciendo cola para comer algo, o desplazándose como una columna de hormigas por las escaleras que bajaban a los laberintos subterráneos del metro.

El billete hasta Newcastle consumió una parte importante de la reserva de dinero de Santiago, pero a él no le importaba. El largo viaje casi llegaba a su fin. Se dirigió al andén y subió al primer vagón del tren azul y naranja de las líneas GNER.

El viaje hacia el noreste de Inglaterra duraba tres horas y media. Santiago estaba impresionado cuando dejó su bolsa en el portaequipajes y se acomodó en su asiento. Iba a viajar a todo trapo, amplio espacio para estirar las piernas, asientos cómodos, incluso una pequeña lámpara en la mesa que tenía al frente. Se relajaría y disfrutaría del viaje mientras miraba la bella campiña inglesa de la que tanto había oído hablar.

El tren partió y Santiago tuvo la primera visión genuina de Inglaterra. Calles sucias del barrio norte de Londres e hileras de casas victorianas adosadas. No correspondía del todo a lo que él esperaba ver, pero supuso que el paisaje cambiaría cuando llegaran al campo.

Mientras el tren avanzaba serpenteando por los barrios del norte de Londres, cerca de la vía, a la derecha Santiago vio el flamante estadio de los Emiratos, la futura sede del Arsenal. Y luego, en la distancia, divisó Highbury, el famoso y vetusto campo que el Arsenal dejaría. En Inglaterra, el fútbol estaba presente en todas partes.

Por el vagón se acercaba un hombre de uniforme que pedía los billetes a los pasajeros. Se detuvo ante Santiago y le lanzó una mirada de ligera suspicacia. El joven buscó en su bolsillo y le entregó el billete.

—¿El señor quisiera pagar la diferencia?

—¿Pagar la diferencia?

El revisor lanzó un suspiro.

—Éste es un billete normal. Usted viaja en primera clase.

—¿No debería estar aquí?

—No a menos que esté dispuesto a pagar una suma considerablemente superior a la que ha pagado, por el privilegio.

—¿Superior? –dijo Santiago, horrorizado—. No, no puedo pagar más.

—Encontrará los vagones de segunda clase en esa dirección —dijo el revisor, señalando con el pulgar hacia la cabecera del tren.

Santiago cogió su bolsa del portaequipajes y se fue directo a otro vagón, igual al que acababa de dejar. Pasó por el coche restaurante y encontró el primer vagón de segunda.

Las diferencias eran muy visibles. El compartimiento estaba lleno y los asientos eran mucho más estrechos e incómodos, con mucho menos espacio para las piernas. Pero cuando se sentó en el primer asiento vacío que encontró, se sintió cómodo. Estaba cansado y, a medida que el tren cobraba velocidad, fue cayendo en un sueño profundo.

Se despertó de golpe al sentir que alguien le hincaba el dedo en el hombro. Por unos segundos, confundido, pensó que estaba en casa, y que su padre lo despertaba para ir a trabajar.

Abrió los ojos y vio a una señora de edad que lo miraba con cara de pocos amigos.

—Está usted sentado en mi asiento, jovencito.

Santiago sacudió la cabeza para despejársela. El tren se había detenido en Peterborough y el vagón estaba lleno de nuevas caras.

—¿Su asiento? ¿Usted es dueña de este asiento?

Un hombre sentado en la hilera opuesta se inclinó hacia Santiago.

—No tiene por qué ser tan insolente. Déjele su asiento a la señora. Hay muchos más en los otros vagones.

—Pero yo no sabía...

La anciana agitó su billete ante las narices de Santiago.

—Tengo un billete con la reserva de mi asiento perfectamente impresa. Si mira en la tarjeta en el respaldo del asiento, verá que está sentado en *mi* sitio reservado. ¿Quiere que llame al revisor para que le diga que se mueva?

—No, no, no –dijo Santiago, mientras se levantaba y miraba la tarjeta en el respaldo del asiento. Lo último que quería era un nuevo encuentro con el revisor. Cogió su bolso del portaequipajes—. Lo siento, no lo sabía.

—Todos dicen lo mismo —dijo la mujer, mirando al joven que se alejaba hacia la cabecera del tren. Santiago se sentía como si fuera a llegar a Newcastle caminando.

Al final, llegó a un vagón donde había muchos asientos sin reservar y se acomodó por tercera vez.

El resto del viaje transcurrió sin incidentes y el paisaje mejoró notablemente. El tren se detuvo en estaciones de nombres desconocidos, como Doncaster, York y Darlington. Al cabo de tres horas llegó a Durkham. Cuando volvió a partir, una voz anunció por megafonía que la próxima parada era Newcastle.

A Santiago se le aceleró el corazón. Por fin. Casi había llegado pero, de pronto, sintió nostalgia de su casa. Añoraba a su abuela y a su hermano y... sí, también añoraba a su padre. Glen era casi un desconocido, pero Santiago tenía muchas ganas de reencontrarse con él.

El tren volvió a cobrar velocidad y, cuando Santiago miró por la ventana de la derecha, vio la magnífica estatua de acero, *El ángel del norte*, que se alzaba, soberbia, más allá del cerro que acababa en las vías.

No sabía calcular a qué distancia estaba, pero incluso desde lejos, era imponente. Con los brazos, o alas, estirados, le recordaba a Santiago a un jugador eufórico que celebra el gol del triunfo en una final de copa. El *Ángel* desapareció detrás de los árboles, pero la imagen le quedó dando vueltas hasta que el tren comenzó a disminuir la marcha.

A la derecha del tren, se sucedían hileras de casas adosadas hacia lo alto del cerro y, hacia la izquierda, bajo el cielo de invierno que se oscurecía, el joven latinoamericano tuvo su primera perspectiva de la ciudad que se extendía ante sus ojos.

—Próxima parada, Newcastle —anunció el sistema de megafonía—. Newcastle, próxima parada.

El ruido rítmico de las ruedas en las vías cambió de pronto, y el tren cruzó lentamente el puente sobre el río Tyne. Santiago vio otro puente a su izquierda y, hacia la derecha, contó cinco puentes más.

El ritmo de las ruedas volvió a cambiar y el tren entró suavemente en la enorme gruta de la Estación Central de Newcastle.

Santiago sacó su bolso y siguió a los demás pasajeros

hacia el andén número cuatro. Cruzó por un breve túnel, siguiendo las instrucciones de Glen, y luego subió por una rampa hasta llegar al vestíbulo central.

Glen lo esperaba, tal como le había dicho.

—Es un placer verte, hijo –saludó, y cogió la bolsa de Santiago—. ¿Por qué no me llamaste desde Estados Unidos para contarme que venías?

—Tuve que esperar en México para sacar el pasaporte. Lo he conseguido recién ayer. —Caminaban hacia la salida principal—. ¿No está bien que haya venido?

—No, está muy bien. Sólo que me has pillado desprevenido. Te puedes quedar en mi casa hasta que encuentres algo.

En la entrada principal, una larga cola de taxis esperaba a los pasajeros, dispuestos a salir a toda prisa hacia diferentes barrios de la ciudad. Pero Glen señaló hacia la izquierda y siguieron caminando.

—Bienvenido al Toon.

—¿El Toon? ¿Qué es el Toon?

—Esto es el Toon. Donde viven los *geordies*.

Santiago hacía lo posible por seguir la conversación.

—¿Qué es un *geordie*?

—Alguien que vive en el Toon —dijo Glen, sonriendo—. Te queda mucho por aprender, chaval.

Glen vivía en Tynemouth, en una bonita casa con una pared medianera, en el paseo frente a la playa y el Mar del Norte. Aparcó el Audi en la entrada junto a un jardín bien cuidado, y los dos bajaron del coche.

Santiago se estremeció con el frío viento del norte que llegaba del mar. Ya estaba casi oscuro, pero se alcanzaba a ver el agua gris y la espuma blanca de las olas que rompían, furiosas, en la orilla. Aquello no se parecía en nada al Pacífico.

Glen sonrió cuando se dio cuenta de la ropa ligera, estilo Los Ángeles, que llevaba Santiago.

—La ropa que llevas no es precisamente la más adecuada para esta región.

—No sabía que haría tanto frío.

—¿Frío? A esto le llamamos un airecito. ¡Espera a que el tiempo se ponga malo! Vamos, será mejor que entres.

La casa estaba tan bien cuidada como el jardín. Pero a Santiago le dio la impresión de un lugar ordenado y funcional, no de un espacio acogedor y cálido como el que había imaginado.

—¿Vives solo aquí?

Glen asintió con un gesto de la cabeza.

—Mi mujer murió hace tres años.

—Lo siento.

—La echo de menos –dijo Glen, con un suspiro—. Esta casa nunca ha vuelto a ser lo que era. Por eso fue tan agradable encontrarme con mi hija en vuestra parte del mundo. También tengo un hijo, pero vive en Londres y acaba de prometerse, así que no lo veo muy a menudo.

Santiago abrió su bolso, sacó una pequeña estatuilla y se la entregó a Glen.

—Es la Virgen de Guadalupe. Mi abuela la ha tenido desde que era niña, pero quería regalártela a ti. Traerá la bendición a tu casa.

—Estoy muy emocionado, Santiago —dijo Glen, como si estuviera avergonzado—. No soy un católico muy devoto.

—Pero mi abuela cree que eres un buen hombre, y mi abuela nunca se equivoca.

Ahora Glen se sentía avergonzado de verdad.

—Ven, te enseñaré tu habitación, y mientras te acomodas, sacaré un poco de comida. Pero te lo advierto de entrada, no soy ningún Jamie Oliver.

—¿Jamie quién?

—No importa –dijo Glen—. Ya nos acostumbraremos el uno al otro.

Glen decidió preparar algo sin complicaciones. Sacó dos pasteles de carne del congelador y mientras se calentaban en el horno, hirvió agua para cocer unos guisantes de acompañamiento.

Por primera vez en mucho tiempo, puso dos platos sobre la mesa de la cocina, y cuando la comida estuvo lista se asomó a las escaleras y llamó a Santiago.

—Ya está la cena. ¿Te apetece una cerveza?

No hubo respuesta.

—¿Santiago?

Seguía sin responder. Glen subió las escaleras y llamó discretamente a la puerta de la habitación. Silencio.

Abrió la puerta y vio a Santiago tendido en la cama, profundamente dormido. En la mesilla de noche había una foto enmarcada de la familia Muñez. Databa de hacía unos tres o cuatro años. Glen reconoció a Mercedes y a un joven Santiago con su hermano, Julio. Los dos chicos estaban parados junto a un hombre que, dedujo Glen, sería Herman. Tenía los brazos sobre los hombros de sus hijos y una mirada de padre orgulloso pintada en la cara.

Glen entró de puntillas, tapó a su huésped dormido con un edredón, volvió a la puerta y apagó la luz.

—En cualquier caso, no creo que te hubiera gustado mi pastel de carne —murmuró, al cerrar la puerta.

Nueve

Cuando Glen bajó a la mañana siguiente, Santiago estaba en la puerta, mirando hacia el inhóspito, gris e imponente Mar del Norte.

—¿Has dormido bien?

—Me he despertado temprano. Lo siento por lo de la cena.

—No te perdiste nada. Puedes desayunar algo cuando lleguemos al taller.

—¿Al taller?

—El lugar donde trabajo.

—Yo pensaba que trabajabas en el fútbol.

Glen sonrió.

—Ya no, chaval. Pero no te preocupes por eso. Vamos, me gusta llegar temprano.

Atravesaron calles silenciosas mientras la ciudad y los barrios del extrarradio despertaban poco a poco al nuevo día. El barrio donde estaba Foy Motors había vivido mejores tiempos. Ahora sólo eran hileras de casas adosadas, muchas clausuradas con tablas y esperando a las máquinas niveladoras.

Al bajar del Audi, Santiago vio el cartel de Foy Motors por encima de las persianas.

—¿Reparas coches?

Glen abrió el grueso candado y levantó la persiana.

—Restauro coches viejos y los dejo como nuevos. Hay un café un poco más abajo. Los de mi taller suelen ir a desayunar ahí antes de empezar el trabajo. Come algo e iremos al club a eso de las diez.

No le costó encontrar el café. Estaba lleno de trabajadores sentados en un ambiente denso del humo azuloso del tabaco, mientras tragaban enormes tazas de té, comían huevos fritos y cruzaban bromas a primera hora de la mañana.

Santiago no sabía qué pedir, así que cuando vio el cartel escrito a mano detrás de la barra que ofrecía "Desayuno completo", se decantó por eso. Se sentó solo en una de las pocas mesas vacías y, diez minutos más tarde, le pusieron delante un plato que rebosaba beicon, salchichas, huevos, judías, tomates y una masa de aspecto repugnante de algo negro con pintas blancas.

Cogió el cuchillo y el tenedor sin saber muy bien por dónde empezar, y pinchó la cosa negra un par de veces para asegurarse de que no estaba viva.

En la mesa de al lado, tres hombres que llevaban monos con el rótulo FOY MOTORS estampado en la espalda, hablaban de fútbol; al parecer, todo el mundo hablaba de fútbol.

El más grande y ruidoso de los tres pontificaba sobre el último fichaje del Newcastle.

—He oído decir que algunos jugadores tienen serios problemas con Harris. No les gusta su actitud.

—No te extrañe, ésa es la verdad, Foghorn, —dijo el segundo hombre—. Si ha pasado por tres equipos en cinco años, por algo será.

El tercer hombre, mayor que los otros dos, asintió juiciosamente con la cabeza.

—Es mejor cuando juega en el medio. Si no está de ánimo, se va por las bandas y se pierde.

—Tal vez debería seguir perdido —dijo el que se llamaba Foghorn, y al levantar la vista de su desayuno vio a Santiago mirándole fijamente—. ¿Y tú, qué miras?

Santiago intentaba entender el acento que le era extraño.

—Perdón, pero están hablando de fútbol, ¿no?

—No hay otra cosa de que hablar.

El hombre de más edad también estaba intrigado por el acento de Santiago.

—¿De dónde eres, hijo?

—De Los Ángeles.

Foghorn se mostró repentinamente interesado.

—Ah, ¿sí? ¿Conoces a Charlize Theron? Está muy buena.

Santiago sonrió.

—Sí, claro, siempre va a verme a mi casa.

La respuesta desenfadada de Santiago fue bien acogida por los *geordies*.

—Estás muy lejos de casa –dijo el hombre mayor—. ¿Qué haces por aquí?

—Tengo una prueba en el Newcastle United.

—¡Una prueba! —La voz de Foghorn tronó por todo el café—. ¡Vaya! Yo una vez hice una prueba, ¿sabes? Me ofrecieron cincuenta mil a la semana y una casa junto a un campo de golf. Pero dije que no, prefiero ser pintor de coches. ¿No es cierto, Walter?

Walter era el mayor.

—Pintar coches es lo único que sabes hacer, Foghorn. —Se volvió hacia Santiago—. ¿Lo dices en serio, chaval?

—Sí. Tal vez hoy. El jefe de ustedes, Glen, ha concertado la prueba.

—¿Eso ha hecho? Se lo tenía muy callado.

—Sí, muy callado —dijo Foghorn inclinándose hacia Santiago—. Si hoy vas a pasar una prueba, necesitarás correr como un galgo.—Pinchó la informe masa negra del plato de Santiago con su tenedor y la traspasó al suyo—. Te recomiendo que pases de esta ración de morcilla.

El coche de Glen iba detrás de un autobús de dos pisos. A Santiago todo le resultaba bastante extraño. El cielo plomizo, las calles grises de la ciudad, todo el mundo con sus pesadas ropas de invierno. Nada le era familiar, ni le tranquilizaba.

El tráfico avanzaba con lentitud, frenado por una sucesión de semáforos, mientras Glen se abría paso con el Audi en el ajetreo de la bulliciosa ciudad.

—Lo que debes entender, Santiago, es que por estos pagos el fútbol es una religión. En Londres tienes muchos clubes, igual que en las Midlands, en las regiones del interior. En Manchester hay dos, y dos más en Liverpool. Pero aquí arriba sólo tenemos el *Toon*.

Después de su conversación en el café y la explicación de Glen, Santiago empezaba a entender la devoción casi fanática de los seguidores del Newcastle United. —Tú no hablas como los de aquí, del Toon.

—Yo soy irlandés. Vine a jugar aquí hace treinta años y me quedé.

—¿Por qué?

—Me gusta este país. —El coche subió por una cuesta poco pronunciada. Llegaron a una rotonda, y Glen miró a Santiago. Le hizo un gesto con la cabeza para que levantara la vista—. Ahí lo tienes.

A Santiago se le abrieron los ojos de par en par y quedó boquiabierto. Allá delante estaba el St. James Park, dominando la línea del horizonte. Glen había dicho que por estos pagos el fútbol era como una religión, y ahí estaba St. James Park, con su imponente estructura de hormigón, vidrio y metal, alzándose como una enorme y moderna catedral.

—No está mal, ¿eh?

Santiago no atinaba a responder. Sólo miraba fijamente.

Glen aparcó el coche, anduvieron el camino de regreso al estadio y bajaron por una rampa que pasaba por debajo del gigantesco campo de fútbol.

En el exterior del túnel de techo alto, ascensores y escaleras mecánicas se elevaban hacia el sector de la administración y la recepción del estadio. A medio camino del interior había unas escaleras que conducían a unas puertas de vidrio de doble batiente. El letrero encima de las puertas leía: ENTRADA DE JUGADORES Y DIRECTIVOS.

—Hemos llegado justo a tiempo —dijo Glen—. Ahí está, en persona.

Erik Dornhelm, vestido con un traje caro, y un aspecto más parecido al de un dinámico ejecutivo que al de director técnico de un equipo de fútbol, estaba parado en las escaleras, absorto en una conversación con otro hombre. Glen cogió a Santiago del brazo y, con un gesto, le indicó que debían esperar. En cuanto terminó la conversación, instó a su joven amigo a avanzar y llamó a Dornhelm antes de que siguiera subiendo.

—Buenos días, señor Dornhelm. Éste es el joven del que le he hablado. Santiago Muñez, de Los Ángeles.

Dornhelm no parecía recordar aquella conversación de medianoche.

—¿Cuándo fue eso?

—Cuando lo llamé a altas horas de la noche y usted me prometió que le haría una prueba.

—¿Eso hice?

El ronco estruendo del motor de un coche deportivo resonó por el túnel, y los tres hombres se giraron para ver cómo se paraba un Aston Martin convertible. Gavin Harris salió del asiento del conductor, con el teléfono móvil en una oreja.

—Un momento, por favor, —dijo Dornhelm a Glen y se acercó a Harris, que en el acto puso fin a su llamada telefónica.

—Buenos días, jefe —dijo, con una sonrisa.

Dornhelm no estaba de humor para el intercambio

de cumplidos, y Glen y Santiago oyeron cada una de las palabras que cruzaron el director técnico del Newcastle y su nuevo centrocampista.

—Seguro que tienes un reloj, y seguro que es un Rolex. ¿Qué hora marca?

Gavin no se molestó en comprobar su Rolex.

—Sí, perdón, jefe. Pero he tenido que pasar por el hospital. He dejado una camiseta para un niño enfermo. Los de relaciones públicas deberían haber estado allí. Habrían hecho una gran foto.

Dornhelm tenía una mirada implacable.

—Gavin, no me vengas con cuentos. Tengo a seis periodistas ahí dentro esperando para entrevistarte. Llevan cincuenta minutos esperándote. ¡Entra ahí, ahora mismo! ¡Y cuando hayas acabado con la prensa, te entrenas con los reservas!

Gavin sabía que no le convenía discutir. Se limitó a asentir con la cabeza y subió deprisa las escaleras. Dornhelm se volvió hacia Santiago y Glen.

—¿Dónde estábamos?

—Yo lo llamé, —dijo Glen—. A propósito de Santiago, aquí presente.

Dornhelm casi sonrió.

—Sí, mi mujer lo recuerda bien. —Miró a Santiago—. ¿Dónde juegas?

—En Los Ángeles —dijo Santiago, nervioso.

—Quiero decir en qué posición juegas.

—Ah. En mi equipo juego de delantero. Pero prefiero el centro del campo. Así puedo tocar más la pelota.

Dornhelm escudriñó a Santiago unos momentos, como si lo evaluara, y luego asintió con la cabeza a Glen.

—Llévalo al campo de entrenamiento.Veamos lo que sabe hacer.

Subió las escaleras y desapareció en el edificio por las puertas de cristal. Santiago miró a Glen.

—¿Mi prueba no es aquí?

Glen sonrió.

–No, chaval, tendrás que esperar un poco más para tu primera aparición en St. James.

El complejo de entrenamiento había sido restaurado hacía poco. Una docena de campos de fútbol se agrupaban alrededor de una casa solariega remodelada, instalaciones de entrenamiento con tecnología de punta, sala de cura y vestuarios, un restaurante y oficinas.

Santiago se sentó solo en un banco de los vestuarios. Llevaba la ropa de entrenamiento que le habían dado y un par de flamantes botas de fútbol. Se ató los cordones y pensó para sí que, en casa, un par de botas como aquellas le habrían costado el sueldo de un mes.

Estaba nervioso. Se levantó y sacó su inhalador para el asma del bolsillo de su chaqueta. Efectuó una inhalación rápida y lo volvió a deslizar en el bolsillo justo en el momento en que un hombre con chándal, de aproximadamente la edad de Glen, entraba en la sala.

—¿Listo?

Santiago asintió con la cabeza.

El recién llegado le tendió la mano.

–Soy Mal Braithwaite, entrenador del primer equipo.

Se estrecharon las manos y Santiago intentó aparentar más seguridad de la que tenía en ese momento. Braithwaite no estaba convencido.

–Glen me ha hablado mucho de ti. Hace mucho que nos conocemos, así que estoy de tu parte.

—Gracias, señor.

—No soy un "señor". Soy un "entrenador". "Señor" es el jefe y él es quien te pondrá a prueba hoy. —Percibió la mirada desconcertada de Santiago y sonrió—. ¿Estás preparado?

—Sí, se... entrenador, estoy listo.

Siguió a Braithwaite desde los vestuarios, y se persignó por el camino.

Cuando salieron al tenebroso y deprimente día de invierno, llovía sin parar. No era lo que Santiago esperaba y, desde luego, no era por eso que había rezado al santiguarse.

En un campo cercano, dos equipos con petos de colores jugaban un partido de entrenamiento. Glen se quedó mirando, con el cuello del abrigo subido. Cuando Braithwaite silbó a uno de los jugadores para que saliera del campo, le hizo un guiño a Santiago.

El partido se detuvo un momento mientras Braithwaite le ponía un brazo en el hombro a Santiago y señalaba en dirección a Gavin Harris, que, nada de contento, miraba desde un extremo.

—Centro del campo, a la derecha. Colócate por el interior de Gavin.

Santiago se puso un peto y salió corriendo al campo. Los demás jugadores miraban con curiosidad cómo se situaba junto a Gavin Harris, que ignoró por completo la sonrisa nerviosa de Santiago.

Cerca de la línea de banda, un gran defensa central se acercó a Braithwaite.

—¿Y éste quién es?

—Un chaval mexicano. Sé amable con él, Hughie.

—Oh, ya me conoce, *mister*, manso como un cordero.

Hughie Magowan medía casi un metro noventa y era sólido como la teca. Gozaba de una reputación de hombre duro y se tomaba cada una de sus numerosas tarjetas amarillas como galardones de combate, como medallas de campaña. Estaba casi al final de una larga carrera plagada de lesiones, y muchos delanteros de la Premier todavía cargaban con las marcas de sus encontronazos directos con Hughie Magowan.

En esos días, Hughie pasaba la mayor parte de su tiempo prestando su experiencia y temple a la juventud y al entusiasmo del equipo reserva. Sólo alternaba con el primer equipo cuando se producía una emergencia. Lo echarían un poco de menos cuando por fin colgara las botas pero, hasta entonces, Hughie intentaba seguir dejando —literalmente— su impronta.

Se reanudó el partido. Seguía lloviendo y el balón se negaba a caer cerca de Santiago. Éste no estaba seguro de si debía ir a buscarlo o si debía mantener su posición.

Glen observaba con frustración creciente y, transcurridos cinco minutos, Braithwaite llamó a un joven centrocampista que estaba desempeñando una función de mayor profundidad y contención en el mismo equipo que Santiago.

—¡Franny! ¡Haz que el chaval se meta en el partido!

El centrocampista asintió con la cabeza y, cuando volvió a hacerse con el balón, envió un pase largo directamente a la trayectoria de Santiago. No era una pelota difícil, no para alguien acostumbrado a las condiciones del fútbol británico. Pero cuando rebotó en el césped embarrado, Santiago calculó absolutamente mal el bote y el balón se escapó por la línea de banda.

Santiago se sintió como un tonto y algunos jugadores arquearon las cejas o intercambiaron miradas, como diciendo "es un negado".

Hughie Magowan fue mucho más directo. Hughie Magowan no se andaba con rodeos cuando se trataba de un rival.

—Maldito aficionado —gruñó.

Cuando el balón volvió al terreno, Mal Braithwaite miró a Glen.

—¿Estás seguro de ese chico?

—Dale una oportunidad, Mal —dijo Glen—. No está acostumbrado a estas condiciones.

Se efectuó el saque de banda y Glen vio que Erik Dornhelm, ahora con chándal y con aspecto mucho más cómodo, salía de los vestuarios.

Carl Francis, el joven jugador negro conocido como Franny por toda la plantilla del Newcastle, hacía todo lo posible para darle otra oportunidad a Santiago. Recibió el balón de un defensa y lo envió, esta vez más suavemente, hacia el recién llegado. Podía haber hecho el pase más adelantado y Santiago se vio obligado a retroceder para recogerlo.

Un delantero adversario cargó contra él, Santiago sabía que la opción más segura y obvia era un simple pase hacia atrás a su defensa central. Pero estaba decidido a causar buena impresión. Cuando el delantero le entró pesadamente, Santiago hizo una finta lateral, giró y salió por el otro lado. La carga del delantero quedó en el aire.

Mal miró a Glen.

—Es un excéntrico. Primero hace una cosa extrañísima y luego eso.

Glen sonrió y se volvió hacia Erik Dornhelm. No estaba mirando; hablaba por el móvil de espaldas al juego.

Santiago todavía tenía el balón. Se movió en diagonal cruzando el campo y entregó un pase perfecto a Gavin Harris. No vio lo que sucedió a continuación. Cuando Harris ya iba a disparar, Santiago fue barrido por Hughie Magowan, que, como de costumbre, llegó tarde con una peligrosa entrada.

—Bienvenido al Newcastle, *amigo* —sonrió burlonamente Hughie cuando Santiago se levantó del barro.

El disparo de Gavin había sido desviado a córner por un defensa. Santiago corrió hacia el área contraria y Franny le indicó que se situara cerca del poste largo. Encontró un pequeño espacio y, cuando vino el tiro de corner, corrió y saltó. Hughie estaba pegado a él como una lapa; aquel tipo podría haber cometido faltas por toda Inglaterra.

El balón fue despejado y los jugadores salieron del área, dejando a Santiago tendido en el barro.

Las cosas no mejoraron demasiado. Se produjo el toque o giro inspirado ocasional pero, en términos generales, Santiago pasó más tiempo sentado sobre su trasero que de pie, puesto que Hughie, junto a un par de defensas más que se unieron a la fiesta, acabaron con su presentación en el tradicional y expeditivo fútbol británico.

Pero cada vez que caía, Santiago se ponía animosamente en pie, sin quejarse y dispuesto a más. No se parecía en nada a lo que había vivido hasta entonces, un partido totalmente distinto a cualquiera de los que había jugado y dominado bajo el sol californiano.

Glen estaba inquieto en la línea de banda, con plena conciencia de que Dornhelm parecía haber visto suficiente y se preparaba para irse. Ahora volvía a hablar por el móvil mientras recorría sin prisa la línea de banda.

En el campo, Santiago corrió hacia un balón rebotado. Lo hizo pasar por encima de la cabeza de un defensa con un movimiento tan hábil como los de Ronaldinho, y cuando Hughie le entró, él le hizo un túnel al hombretón, oyéndole maldecir mientras se alejaba a toda velocidad. Gavin Harris estaba al acecho cerca del borde del área. Santiago dio un buen pase, siguió corriendo y Gavin le devolvió con generosidad el pase en una bonita pared.

Santiago golpeó el balón en plena carrera, un tiro curvo que hizo vibrar el travesaño. Cuando la pelota salió repelida, el ayudante del entrenador que hacía de árbitro, pitó una falta.

Gavin Harris cogió el balón y lo situó con cuidado para lanzar el tiro libre, dispuesto a recordarle al director técnico y primer entrenador exactamente por qué el club había desembolsado 8,4 millones de libras por sus servicios.

Pero el destino no quiso que fuera así.

—¡Deja que la lance el chaval nuevo! —gritó Mal Braithwaite.

Gavin se encogió de hombros y se hizo a un lado. Le picaba curiosidad de ver lo que el chico haría con esa oportunidad a balón parado.

Los defensores formaron la barrera, con Hughie en el centro, mientras el portero gritaba sus instrucciones.

En la línea de banda, Glen recordó el episodio de California y el sensacional tiro libre que le había visto lanzar a Santiago contra el equipo croata. Esta vez, la pelota estaba cerca de la portería, el ángulo era menos agudo; era un disparo más fácil.

—Vuélvelo a hacer, Santi —musitó Glen—. Sólo tienes que repetirlo.

Santiago parecía tener exactamente lo mismo en mente y se preparó de manera parecida, a sólo un par de zancadas del balón.

Sonó el silbato, dio los dos pasos, echó atrás su pie derecho... y sintió que resbalaba en el barro. Perdió por completo el equilibrio y, al resbalar hacia atrás hasta el suelo, su pie conectó con el balón y le dio con un efecto alto y lejos de la portería.

El fallo fue seguido de las inevitables burlas de los demás jugadores. Hughie salió corriendo de la barrera defensiva, con una sonrisa ancha como la desembocadura del río Tyne. Se inclinó hacia Santiago con el brazo extendido como si fuera a ayudarle a levantarse. Pero cuando Santiago se lo alargó, Hughie retiró el brazo y convirtió la mano extendida de amistad en un ademán de despedida. —*Adiós, amigo*.

—Vale, ya basta —gritó Mal desde la línea de banda—. Cuatro vueltas al perímetro del campo.

Los demás jugadores empezaron su vuelta de calentamiento, abucheando, protestando y quejándose del negrero de su entrenador. Antes de que Santiago pudiera levantarse y unirse a ellos, Mal volvió a gritar.

—Tú no, Santiago. Tú baja a las duchas.

Mientras Santiago se levantaba penosamente del barro, vio que Mal se volvía hacia Glen y negaba con la cabeza.

Volvieron a casa de Glen. La vuelta en coche desde el campo de entrenamiento había transcurrido en un silencio incómodo. Al principio, callaban, y ninguno de los dos sabía muy bien qué decir.

Santiago, magullado y maltrecho, volvía a repasar mentalmente la penosa experiencia, y cuando recordó el bochornoso episodio del tiro libre, sintió que se sonrojaba.

—Mis piernas no obedecían a mi cerebro —dijo al fin—. Estaré mejor mañana, lo prometo. Sé que estaré mejor.

Glen no sabía cómo suavizarle el golpe.

—No habrá un mañana, Santi. Lo siento. He discutido con Mal, pero... —balbuceó, y su voz se fue apagando.

No había nada más que decir. De cualquier modo, Santiago lo había estado esperando, pero hasta que Glen no pronunciara las palabras, se había aferrado a la esperanza de haber demostrado lo suficiente para que le dieran una segunda oportunidad.

Todo había terminado, casi antes de haber empezado.

La desilusión de Glen era casi tan intensa como la de Santiago. Él *sabía* lo que podía hacer el chico. Había visto ese talento especial con sus propios ojos. Era casi un crimen dejar que se desperdiciara un talento así. Pero, ¿qué otra cosa podía hacer?

Santiago se quedó un rato arriba en el dormitorio. Glen estaba junto a la ventana de la sala de estar, mirando cómo se oscurecía el día y el Mar del Norte invadía implacablemente la costa.

Oyó pasos en las escaleras y Santiago apareció en la entrada.

—Mi padre cree que la gente tiene su lugar en la vida. Trabajas, alimentas a tu familia, mueres, y es absurdo pensar lo contrario.

Glen seguía mirando por la ventana, observando como las olas iban bañando la arena.

—Sí, mi viejo me decía lo mismo. Pero por eso estuvo toda la vida barriendo suelos en las fábricas.

—¿Puedo hacer una llamada por teléfono por favor, Glen?

Glen se apartó de la ventana.

—¿Para qué?

—A mi abuela. Para decirle que vuelvo a casa.

—No.

—Pero... no tardaré mucho. Y pagaré la llamada.

—Quiero decir, no la llames. Todavía no. Antes quiero hacer una llamada.

Diez

Era parte del trabajo de un director técnico, especialmente del director técnico de un club como el Newcastle United.

Ningún club podría existir ni progresar sin la fidelidad de su afición, de modo que salir a la comunidad era una manera de gestionar el territorio. Había que aceptar invitaciones a colegios, hospitales, reuniones con los empresarios locales, actos de beneficencia y cenas de etiqueta.

En algunas funciones, bastaba con hacer acto de presencia, ser visto, estrechar manos y contar alguna anécdota, algún retazo de información sobre el club para que los interlocutores se creyeran privilegiados por ser los únicos en saber. Desde luego, nunca eran los únicos.

En otras ocasiones, más formales, había que pronunciar un discurso y, si bien Erik Dornhelm no era un orador muy dotado, se tomaba en serio su responsabilidad y siempre llegaba con unas palabras preparadas. Su esquema era sencillo: abría con una pequeña humorada, nada del otro mundo; Dornhelm no tenía pasta de cómico. Luego, abordaba el punto en cuestión y acababa con otro chiste futbolero. Sobre todo, que fuera breve y no aburriera a muerte a la concurrencia.

Esta noche era una de esas ocasiones, el Premio del Northern Merit. Había doscientas personas —los hombres con corbata de lazo y las mujeres con traje de noche— reunidas en el lujoso salón de convenciones del hotel Gosforth Park.

Los invitados estaban sentados en grupos de doce en torno a mesas redondas con pesada cubertería de plata y copas de cristal reluciente.

Dornhelm hacía todo lo posible por parecer completamente interesado mientras la esposa del dueño de un taller mecánico de la localidad le contaba que su padre, ya fallecido, había sido un incondicional de Accrington Stanley, y que sin duda habría llegado a jugar por Inglaterra si la Segunda Guerra Mundial no se lo hubiera impedido.

—Cuando la guerra terminó, él ya era demasiado viejo. Es triste, ¿no le parece?

—Sí, sumamente triste —dijo Dornhelm, pensando que ya era hora de que trajeran el primer plato.

Cuando miró hacia el salón, vio que alguien se acercaba a la mesa. Pero no era el camarero. Era Glen Foy.

—Lamento interrumpir el programa, pero al menos he llegado antes de que empiecen los discursos.

Dornhelm lanzó un bufido, irritado.

—Tengo que dar un discurso, señor Foy. Esta distracción no es de lo más oportuna.

—Ya. Pero yo no estaría aquí si usted contestara mis llamadas.

Los demás invitados habían interrumpido sus conversaciones. Aquello parecía mucho más interesante.

—¿Qué es lo que quiere, señor Foy?

—Santiago, el chaval. Lo que pasó hoy no ha sido justo. Ese chico creció en medio de la pobreza y con grandes dificultades. El único camino que tiene como futuro es el fútbol.

Mientras Glen hablaba, Dornhelm cogió la copa y bebió un trago de vino.

—El chico viaja hasta Inglaterra, fiándose de algo que le he dicho, recorre diez mil kilómetros, tiene jet lag, está nervioso. Y usted va y lo pone en un campo lleno de barro, con botas prestadas, y luego se pasa casi todo el rato hablando por móvil. No es justo. No está bien.

Cuando Dornhelm miró a su izquierda, vio que la mujer con que había estado hablando ahora lo miraba con cara de reproche y sacudía la cabeza como si estuviera de acuerdo hasta con la última palabra de Glen.

Dornhelm tosió.

—Parecía que a ese chico le pesaba el cu... —dijo, y miró a la mujer a su lado—. Parecía que le pesaban las piernas.

—Hubo un momento mágico —dijo Glen, rápido—. Cogió el balón al primer bote y...

—¡Lo he visto! –exclamó Dornhelm, en voz más alta de lo que hubiera querido.

Llegaron dos camareros y empezaron a servir el primer plato desde sus bandejas de plata.

Glen le sonrió a una mujer sentada al otro lado de la mesa.

—Tiene buena pinta. Yo ya he cenado, pero me han dicho que a uno lo tratan muy bien aquí. —Volvió a mirar a Dornhelm—. Mire, sé lo que le digo. Trabajé de cazatalentos, ¿se acuerda? Y era bueno. Y recuerdo los días con los campos embarrados mirando a los chicos atascados unos encima de otros en el parque. Pero, de vez en cuando, uno veía a alguien que le alegraba el alma. Como este chico. ¿Puede darle un mes? Es lo único que le pido. ¿Un mes?

Glen extendió los brazos a los lados con las palmas hacia arriba, como si pidiera el apoyo de los demás comensales de la mesa. No tenía para qué. Su actuación había sido impecable.

Dornhelm era consciente de que todos lo miraban, incluyendo su mujer, pidiéndole en silencio que diera la respuesta acertada. Cogió la copa y bebió un trago.

Junto al salón en casa de Glen Foy había un pequeño nicho. Era como un santuario del fútbol, un homenaje a la carrera de Glen.

Después de que Glen había salido diciendo que "tenía que ocuparse de algo", Santiago miró un rato la televisión, pero no tardó en cansarse de los "reality shows". Ya había vivido suficiente realidad ese día. Dejó el aparato encendido y se acercó al nicho y, por primera vez desde que había llegado, se tomó el tiempo para mirar detenidamente las fotos.

No le costó identificar al joven Glen en las fotos de equipo del Newcastle United y de la selección irlandesa. Había más fotos. Glen en diferentes equipos, Glen, el manager, vestido de chándal.

Santiago cogió un álbum y siguieron las fotos. Fotos en blanco y negro, programas de partidos, recortes de prensa desteñidos. Santiago leyó hasta la última palabra y sonreía cada vez que encontraba una mención de su amigo.

De la televisión llegaba la música a todo volumen de otro programa y Santiago no oyó el coche que llegaba ni a Glen entrando en la casa.

—Todo eso sucedió hace mucho tiempo.

Santiago dio un salto y vio a Glen apoyado en la pared.

—Lo siento, sólo estaba...

—No pasa nada. Fue idea de mi mujer. Yo nunca me he decidido a recogerlo.

—Nunca me dijiste que habías jugado en primera división.

—No demasiado tiempo —dijo Glen, y sonrió—. Me fastidié la rodilla. —Cogió una foto del Newcastle de finales de los setenta—. Mira eso. Los pantalones eran más cortos y el pelo era más largo. Y no conducíamos Aston Martins ni Ferraris.

—Pero igual eran héroes.

—Ya lo creo. Los futbolistas siempre han sido héroes, incluso en tiempos de mi padre, cuando ganaban ocho libras a la semana y trabajaban en la mina. La clase trabajadora siempre ha necesitado el fútbol. Les da ánimos, les da otra cosa en que pensar y de qué hablar más allá de la lucha cotidiana por la subsistencia.

Dejó la foto en lo alto de la estantería.

—Ya ves que me pongo a hablar y no paro. Por eso estaba tan orgulloso de llevar la camiseta del capitán. —Mientras hablaba, abrió un cajón del armario y sacó una camisa del Newcastle United perfectamente planchada. La desplegó y Santiago vio el número seis en la espalda—. Aquí tienes —dijo, y le pasó la camiseta.

—No puedo aceptar esto. Es demasiado especial —dijo Santiago, sacudiendo la cabeza.

—¡No te la estoy regalando, chaval! Sólo quiero que te la pruebes, ver cómo te sienta la blanquinegra.

A Santiago se le descompuso el semblante.

—¿De qué sirve ahora?

Glen sonrió.

—Bueno, resulta que esta noche he tenido una breve charla con Erik Dornhelm. Le he provocado un toque de indigestión, y te ha dado una prueba de un mes. Así que, venga, pruébatela.

Once

Los vestuarios estaban llenos de jugadores del equipo reserva. La mayoría ya se había puesto las botas y el equipo. Los más jóvenes esperaban ansiosos salir e impresionar a los entrenadores y al equipo técnico. Unos cuantos veteranos, como Hughie Magowan, estaban más concentrados en repetir los movimientos de los ejercicios y mantenían la cabeza gacha.

Un jugador como Hughie no tenía que demostrar nada. Todos sabían de qué era capaz o, en los tiempos que corrían, de qué *no* era capaz. Magowan todavía era un valor para el club. En una situación de urgencia, tenía los conocimientos y la experiencia para encajar en el equipo titular y tener una actuación discreta, siempre y cuando los delanteros rivales no tuvieran la velocidad de un Thierry Henry o de un Jermain Defoe. Y, entre los reservas, podía dar a los más jóvenes toda una demostración de cómo sería la vida para ellos si alcanzaban a formar parte del cuadro principal.

Pero el tiempo jugaba contra Hughie, y él lo sabía. Y no le apetecía demasiado la perspectiva de jugar un par de temporadas más en segunda división, o vivir del magro sueldo que eso le procuraría.

Las bromas de los vestuarios versaban sobre las actuaciones más recientes del equipo titular y sobre el hecho de que Gavin Harris apenas había dado un impulso al Newcastle desde su tan publicitado desembarco. Algunos veteranos hablaban de su falta de empeño y de compromiso con el equipo.

—Otro chico maravilla —gimió Hughie—. Sólo está ahí por su propio bien. Le importa un comino el equipo para el que juega. A los tipos como él, sólo les importa el dinero.

Los más jóvenes escuchaban y, guardaban un discreto silencio, más preocupados de tener una oportunidad de dejar su marca antes del final de temporada y así renovar sus contratos.

La puerta se abrió de golpe y entró Mal Braithwaite con Santiago, que parecía algo nervioso, y con el entrenador del equipo reserva, Bobby Redfern.

—Escuchen, todos —dijo Mal—. Saluden a Santiago Muñez.

—Pensaba que ya le habíamos dicho adiós —dijo Hughie, que no se molestó en imitar a los que saludaban a Santiago y le daban la bienvenida.

Mal ignoró el sarcasmo de Magowan.

—Santiago viene de México.

—Vengo de Los Ángeles —corrigió Santiago—. Pero nací en México.

—¿De Los Ángeles? —dijo Mal, sonriendo—. Pues,

ya ven. Ahora saben todo lo que hay que saber. Y antes de que termine la jornada de hoy, quiero que le demuestren a Santiago exactamente quiénes son.

—Será todo un placer, entrenador —dijo Hughie, que acababa de atarse las botas y se había incorporado.

Antes de que las órdenes de Mal de "darse a conocer a Santiago" se pudieran cumplir en un partido de entrenamiento, les esperaba una mañana de ejercicios meticulosamente planeados y a buen ritmo, empezando por un calentamiento en toda regla, con leves estiramientos y ejercicios de aeróbic.

A Santiago le costaba creer que estaba ahí, pero todo lo que había sucedido en los últimos días se materializó a sus ojos cuando miró hacia el campo contiguo y vio a Erik Dornhelm llegar con el equipo titular. Ya había visto a Gavin Harris antes, pero ahora era la primera vez que veía a los otros famosos.

Se sentía como un niño en una tienda de dulces, mientras su mirada iba de un jugador a otro. Shearer, Given, Jenas, Dyer.

Bobby Redfern lo vio mirando.

—¡Oye, Muñez! ¡Olvídate de ésos! ¡Sigue con lo que se supone que deberías estar haciendo!

Los jugadores del equipo reserva pasaron a la segunda fase del entrenamiento. Carreras de cincuenta metros, desplazarse entre los conos haciendo "eses", saltar con las rodillas en alto por hileras de neumáticos, ensayos de tiros a balón parado y pases.

Santiago siempre había pensado que estaba en forma, pero nunca había visto algo igual. Las noches de entrenamiento de los Americanitos habían sido poco más que un peloteo informal, con todos arremolinados en torno a una portería intentando batir al guardameta. Y, a veces, un partido de cinco, seis o siete por lado, dependiendo de cuántos jugadores se habían molestado en venir.

Cuando empezó el partido de entrenamiento, Santiago estaba destrozado, pero no iba a dejar que nadie se diera cuenta. Y la presentación de la que había hablado Mal quizá era un placer para los demás, pero el nuevo jugador no la encontró nada placentera.

Hughie Magowan fue especialmente "acogedor". Sus entradas implacables estaban destinadas a dejar su marca. Y eso es lo que dejaban. Pero cada vez que Santiago caía, se levantaba y seguía jugando sin quejarse. Cuando llegó el momento del silbato de Mal que ponía fin al juego, incluso Hughie, aunque le pesara, estaba ligeramente impresionado.

Fue una primera sesión larga y dura, y cuando acabaron, Santiago sólo tuvo tiempo de ducharse y vestirse antes de que lo enviaran rápidamente a un examen médico completo.

Le dieron una bata blanca de hospital, un formulario con una carpeta sujetapapeles y un frasco para la orina con su nombre escrito, y luego lo enviaron a una pequeña habitación diciéndole que se cambiara, rellenara el formulario y llenara el frasco. Santiago empezaba a acostumbrarse a recibir órdenes y, al cabo de unos minutos, entró en la consulta con la carpeta y el frasco lleno en una mano, mientras con la otra se tenía la parte trasera de la bata para que no se abriera.

Una enfermera joven y muy atractiva, con el pelo negro recogido por atrás, estaba sentada ante una mesa rellenando un formulario. Levantó la mirada cuando entró Santiago.

Cuando él le sonrió, tímido, ella no le devolvió la sonrisa. Se limitó a levantarse de la silla y recibió la carpeta y el frasco de manos de Santiago.

—Siéntese ahí, por favor —dijo, señalando la camilla con la cabeza.

Santiago se sentó en el borde de la camilla y la enfermera le ajustó una tira alrededor del brazo para tomarle la presión. Empezó a bombear aire en la válvula pero evitó mirar a Santiago cuando él volvió a sonreír.

—Puede que la tenga un poco alta —dijo Santiago.

—¿Ah, sí? ¿Por qué?

—No me imaginaba que la médico del equipo sería tan guapa.

—No soy la médico del equipo. Soy la enfermera. —La chica aflojó la presión en la válvula y soltó el aire—. El doctor del equipo vendrá pronto para hacerle una revisión.

Por lo visto, a la enfermera no le impresionaban los comentarios de los futbolistas. Anotó la presión.

—¿Ha rellenado los papeles?

—Hay palabras que no he entendido.

La enfermera echó mano de la carpeta y se acercó a Santiago.

—¿Cómo, por ejemplo?

—Ésta —dijo Santiago, señalando el formulario.

—Cardiovascular. Significa problemas del corazón.

—No, de eso, nada —dijo Santiago, sonriendo, y señaló otra palabra—. ¿Y ésta?

—Respiratorio. ¿Tiene problemas de pulmón, o para respirar?

Santiago vaciló. Claro que tenía problemas. Tenía asma. Pero no iba a dejar que eso perjudicara su futuro. No era un problema. Nunca lo había sido.

—¿Y bien? —inquirió la enfermera.

—No, nada.

—Muy bien. Póngase contra la pared, por favor. Tengo que medirlo.

Santiago se colocó junto al metro en la pared, y la enfermera tuvo que acercarse a él para tomar la lectura.

—¿Cómo se llama? —preguntó Santiago.

—Harmison —dijo la enfermera, enseñándole a Santiago la placa plastificada con su nombre—. *Enfermera* Harmison.

—Quiero decir, su nombre de pila.

—Eso no tiene para qué saberlo. No tiene para qué saber dónde vivo, ni mi número de teléfono, ni mi signo del zodiaco, ni lo que haré el sábado por la noche. Ahora, haga el favor de sentarse. Tengo que sacarle una muestra de sangre.

Santiago suspiró y se sentó en la silla.

—Ay, ay, esas cosas no me gustan —dijo, cuando vio acercarse a la *enfermera* Harmison con la jeringa en mano.

—Pero si tiene un tatuaje —dijo la enfermera, mostrándole el dibujo azteca en el brazo—. ¿O es uno de esos que se quitan con agua y jabón?

—Eso fue una cuestión de pandillas —dijo Santiago, encogiéndose de hombros.

—¿Una pandilla? ¿Pertenecías a una pandilla?

—Vivía en Los Ángeles. No tenía alternativa. Y, una vez que estabas dentro, sólo había tres maneras de salirse. O te mataban de un disparo, o ibas a la cárcel o, como yo, tenías una abuela que te transmitía un poco de sentido común.

La joven enfermera miró a Santiago y, por un momento, su dureza casi se transformó en sonrisa. Luego levantó la mirada y volvió a mirar su jeringa. Lenta y cuidadosamente, pinchó a Santiago en el brazo.

—¡Ayyy!

—Lo siento, señor tipo duro —dijo ella, y esta vez sonrió—. Me llamo Roz.

Aquella noche, degustando uno de los pasteles de carne, especialidad de Glen, Santiago le contó a su anfitrión una relación exhaustiva de lo ocurrido durante su primer día en el club.

Glen se interesaba por todo. Había pensado en su joven protegido durante todo el día en el taller, esperando que los entrenadores del Newcastle verían el talento que él había adivinado mirando esos partidos en California.

—Creo que ha ido bien —dijo Santiago—. Bobby Redfern no me dijo que lo hice bien, pero tampoco dijo que lo he hecho mal.

—¿Y Dornhelm? ¿Te ha visto?

—No, estuvo con el equipo titular todo el día. Creo que ni siquiera sabía que yo estaba.

—Ya lo creo que sabía —dijo Glen—. Y sabrá exactamente cómo te ha ido.

Hacia las nueve, Santiago estaba agotado, y después de ese primer día le dolía todo el cuerpo. Pero antes de retirarse por la noche, quería hacer algo.

—Glen, ¿puedo llamar a mi abuela? Tendrá ganas de saber cómo me ha ido hoy. Yo pagaré la llamada.

—Claro que puedes, chaval. Mándale mis saludos, y dile que tengo su estatua junto a la cama.

Las nueve de la noche en Inglaterra correspondía a la una de la tarde en California. Era un buen momento para llamar. Seguro que Mercedes estaría en casa, mientras Julio estaba en el colegio y Herman en el trabajo.

Mientras Santiago hablaba en español con Mercedes desde aquel lugar frío y oscuro del noreste de Inglaterra, casi veía y sentía el sol de California.

Las preguntas de la abuela sobre el entrenamiento eran casi tan detalladas como las de Glen, y cuando Santiago acabó su crónica por segunda vez, oyó a su abuela reír, satisfecha.

—Estamos orgullosos de ti, Santiago. Lo sabes, ¿no?

—¿Y Papá? ¿Está orgulloso?

Siguió un silencio.

—Ya conoces a tu padre. No habla demasiado de ti.

—Y lo que dice no es nada bueno. ¿Es eso?

Mercedes cambió rápidamente de tema.

—Cuéntame algo de Inglaterra. ¿Te gusta? ¿Hay bonitos paisajes?

Santiago se acordó del momento en que había conocido a Roz Harmison.

—Oh, sí, Abuela, hay paisajes muy, muy bonitos.

Doce

Santiago se integró a la rutina cotidiana de los entrenamientos con la facilidad que siempre había imaginado. Incluso comenzó a acostumbrarse al frío cortante y a los cielos encapotados.

La mayoría de los jugadores del equipo reserva lo acogieron bien, y Santiago no tardó en trabar amistad con otro joven jugador, Jamie Drew, oriundo de Liverpool.

Incluso los del equipo titular eran tipos simpáticos cuando se cruzaban con los del equipo reserva, en los vestuarios o en la cafetería, o durante las sesiones de entrenamiento conjunto de los dos equipos en el gimnasio.

En el gimnasio había un despliegue de instalaciones de tecnología punta con equipos y máquinas espectaculares para hacer ejercicios. A Santiago tuvieron que enseñarle a usar los equipos sin que se hiciera daño, pero cuando aprendió los quería probar todos.

Se dedicaba a fortalecer las piernas, los músculos de las pantorrillas, poniendo todo el peso que podía levantar.

Se fijo cincuenta como objetivo. Llegó a los treinta sin problemas. A partir de ahí, las cosas se pusieron difíciles. Cada vez que levantaba el peso, se hacía más duro y más lento. Llegó a los cuarenta y siguió, y contó los últimos diez en castellano. El sudor le perló la frente, y Santiago cerró los ojos para concentrarse mejor. Cuarenta y cinco. Paró un segundo y siguió. Sólo cinco más. Tenía que conseguirlo. Cuarenta y seis, cuarenta y siete, cuarenta y ocho... cuarenta y nueve. Era una agonía. ¡Cincuenta!

—¿Has acabado con eso, chaval?

—¡Oh! Sí, claro. Lo siento.

—No pasa nada.

Santiago se incorporó a duras penas de la máquina y vio que Alan Shearer se sentaba y agregaba más peso. Cinco kilos, más otros cinco, y cinco más. Shearer comenzó sus ejercicios, y aquello parecía más fácil que pasear por el parque.

Con las pantorrillas adoloridas, Santiago se acercó a Jamie, que hacía ejercicios en otra máquina.

—Alan Shearer —dijo Santiago.

—¿Qué pasa con él?

—Me ha hablado.

—¡No puede ser! —dijo Jamie, sonriendo.

Todos aceptaban a Santiago como uno más, y lo trataban como si fuera parte del club. Había una excepción, y se llamaba Hughie Magowan.

Hughie no disimulaba su desprecio por Santiago, y no paraba de hacer comentarios sarcásticos y de burlarse cada vez que lo tenía cerca. Hacia el final de la primera semana, las continuas críticas e insultos comenzaban a exasperar al joven mexicano.

El equipo reserva estaba jugando un partido de entrenamiento cuando la situación explosiva finalmente llegó a un punto crítico.

Mal Braithwaite observaba los progresos de la reserva y ensayaba con diferentes combinaciones en la formación. A Santiago lo había puesto adelante, en el lugar del goleador solitario.

Santiago no estaba demasiado contento. Como de costumbre, habría preferido su posición de ataque en el medio campo, pero estaba cumpliendo con su cometido, aunque tocaba la pelota mucho menos de lo que hubiera querido.

Ya había encajado un par de entradas fuertes del grandullón de Hughie, y con la frustración por jugar fuera de su posición y con sólo unas semanas disponibles para dejar una buena impresión, sentía que su temperamento latino comenzaba a asomar.

De pronto, después de un despeje de un jugador rival, uno de los compañeros de Santiago devolvió el balón de un cabezazo. Era una oportunidad. Cuando Santiago se giró y se fue hacia la portería, Hughie volvió a la carga. Le entró deslizándose con los dos pies por delante, y el choque fue brutal. Santiago cayó derribado y rodó por el suelo.

Los propios compañeros de Hughie quedaron asombrados y gritaron su desaprobación.

—¡Hughie!

—¡No hay para tanto, hombre!

Magowan se incorporó, poniendo cara de inocente. Santiago se levantó de un salto y se enfrentó cara a cara con el enorme defensa.

—¿Qué problema tienes?

Hughie estaba acostumbrado a ese tipo de situaciones. Se quedó quieto, con los brazos a un lado, esperando y deseando que el joven le lanzara un golpe.

—¿Problema? —dijo, sonriendo—. ¿Qué problema?

Mal Braithwaite gritó desde la banda.

—¡Vamos, déjenlo correr! ¡A separarse!

Lo último que Santiago quería era separarse. Quería machacarle a Magowan su cara sonriente y provocadora, que tenía a escasos centímetros. Pero no perdió el control. Respiró hondo y se alejó. Cuando Hughie volvió corriendo a su posición, Jamie Drew se acercó a Santiago.

—Olvídalo. No vale la pena.

Santiago asintió con la cabeza y se frotó la pierna magullada. Sin embargo, el incidente empañó el resto del partido y su actuación no fue demasiado brillante.

Todavía seguía irritado después de ducharse y vestirse. Se encontraba en la cafetería, haciendo cola para comer junto a Jamie.

—Escucha, olvídalo —dijo Jamie, viendo que Santiago seguía irritado—. El mundo está lleno de Hughie Magowans.

—Sí, supongo que tienes razón.

—Claro que tengo razón. Y tú no tienes tiempo para guardar rencor a nadie.

—En eso sí tienes toda la razón —dijo Santiago, mientras se servía algo de comer.

—¿Cuánto tiempo te han dado?

—Un mes.

—¡Un mes! Al menos a mí me han dado seis. Estuve en Notts County antes de venir aquí. Me ficharon en el colegio.

—¿Y cómo te encuentras?

—Es pronto para dar una opinión.

Encontraron una mesa vacía y, cuando empezaron a comer, entraron algunos jugadores del equipo titular y se pusieron a la cola. Entre ellos estaba Gavin Harris, pero parecía mucho más interesado en su conversación por móvil que en cualquiera de los platos del bufé.

—Gavin Harris —dijo Jamie, señalando con la cabeza hacia el jugador recién llegado—. Han pagado más de ocho millones por él.

—Sí, lo sé, y juega en mi posición. Le conviene cuidarse la espalda, ¿no?

Jamie sonrió, pero su expresión cambió al ver que Hughie Magowan se acercaba a su mesa con una bandeja. Magowan se detuvo y miró la pasta que había escogido Santiago, y frunció el ceño.

—¿No había burritos en el menú hoy? Hablaré con el encargado, a ver si pueden conseguir de urgencia. —Antes de que Santiago pudiera contestar, Hughie siguió—. No, gracias. No me sentaré con ustedes. Que disfrutes de tu comida, ya que no podrás probar muchas más, ¿no?

Magowan se alejó y fue a sentarse en otra mesa.

—Después de la entrada que te ha hecho hoy, el que no debería estar aquí es él —dijo Jamie.

Santiago dejó el tenedor junto a su plato. De pronto, había perdido el apetito.

—Pero puede que tenga razón. No me queda mucho tiempo para convencerlos de que sería un error dejarme ir.

Jamie se encogió de hombros y siguió comiendo su pasta.

—Entonces te aconsejo que conozcas bien Newcastle mientras todavía puedes.

—¿Qué?

—Esta noche te podría mostrar la ciudad. Si quieres, salimos a tomar una copa.

Santiago se quedó pensando. Desde su llegada a Inglaterra, había pasado todas las noches con Glen y, aunque éste le caía bien, pensó que le gustaría salir una noche con alguien de su edad.

—De acuerdo. ¿Necesito llevar carnet?

—¿Carnet? ¿Para qué?

—¿Qué edad tienes que tener aquí para que te sirvan alcohol?

Jamie sonrió con la boca llena de pasta.

—Once años.

A Santiago le costaba desprenderse del recuerdo de la feroz entrada de Hughie Magowan. Y le costaba aun más olvidar su comentario en la cafetería.

El entrenamiento había acabado por el día, y Santiago volvió a la casa. Glen ya había llegado, después de acabar temprano en el taller. Estaba en la cocina preparándose una taza de té cuando oyó que se abría la puerta. Santiago entró, dejó su bolsa en el suelo y se dejó caer en una silla.

—¿Qué tal ha ido? —preguntó Glen, desde la cocina.

Santiago no contestó.

—¿No ha ido bien?

—Tengo un problema con un tipo.

El agua hirvió y Glen la virtió en la tetera. Se dirigió a la sala de estar.

—No me lo digas. ¿Hughie Magowan?

—¿Lo conoces?

—Ya lo creo que lo conozco, aunque afortunadamente nunca nos hemos encontrado en el campo.

—No le caigo bien.

—Ya, no me cuesta demasiado entenderlo.

—¿Qué? ¿Por qué? Yo no le he hecho nada.

Glen se sentó frente a Santiago.

—Hughie Magowan tiene treinta y tres años. Lo único que le queda es su reputación y, a menos que todos los defensas se rompan la pierna, nunca jugará de titular.

—Eso no es mi problema.

—No, pero tú eres joven, lo tienes todo por delante. Y, además, tienes algo que Hughie nunca ha tenido. Instinto.

Santiago se lo quedó mirando.

—¿Qué quieres decir?

—Es algo que la mayoría de los mortales no tienen. La mayoría de los jugadores, entre ellos yo mismo, juegan dentro de sus posibilidades, de su potencial. No suelen mostrar sus debilidades. Pero los grandes jugadores, los que tienen verdadero instinto, saben correr riesgos, porque no creen arriesgar nada. Controlan el balón, no es el balón el que los controla a ellos.

—¿Y tú crees que yo tengo este... instinto?

—Estoy seguro de que lo tienes, chico. Así que no dejes que los Hughie Magowan de este mundo te lo quiten —dijo, y se incorporó—. Ahora, ¿quieres una taza de té?

Trece

Santiago había pensado que los muelles de Newcastle eran un bello paisaje a la luz del día. Pero, por la noche, con las luces reflejándose en el Tyne, eran espectaculares.

Desde el puente del Tyne hasta el nuevo puente del Milenio en Gateshead, que cruzaba el río hasta la Baltic Gallery, el muelle estaba inundado de luces y hervía de actividad. Cientos de jóvenes se movían bulliciosamente hacia los bares y restaurantes o se paseaban por la calle bebiendo.

Al parecer, la fría noche no tenía efecto alguno en la manera de vestir de los juerguistas. Los muchachos se paseaban en pantalones vaquero y camisetas, y las chicas iban con tacones altos, faldas minúsculas y blusas ligeras.

Santiago se había puesto una chaqueta y llevaba el cuello subido. Se había aclimatado algo al frío durante el día, pero las noches eran otra cosa.

Vio pasar a dos chicas con minifaldas y con las piernas desnudas, caminando por la calle hacia un bar, y sacudió la cabeza.

—¿No tienen frío? Es imposible no sentir frío si van vestidas así.

—Se diría que no se dan cuenta —dijo Jamie—. Debe ser por toda esa cerveza de Newcastle que beben.

A su lado pasó un Range Rover y se detuvo frente al club Tabú. En la entrada del Tabú había apostados dos vigilantes fornidos vestidos de negro.

Las cuatro puertas del Range Rover se abrieron y Gavin Harris bajó por una de las puertas traseras con dos chicas. Dos tipos bajaron por delante. No parecían futbolistas. A uno le sobraban varios kilos y el otro era delgado como un insecto palo. Pero actuaban y hablaban como si fueran los mejores amigos de Gavin cuando los vigilantes les dieron la bienvenida al Club Tabú, sobre todo al futbolista. Los famosos siempre eran bien acogidos. Eran una buena atracción para el negocio, aunque vinieran acompañados de parásitos.

Jamie le dio un empujón a Santiago.

—Venga, quizá podamos entrar —dijo, y corrió hacia la entrada—. ¡Gavin! ¡Oye, Gavin!

Pero Gavin y las dos chicas ya habían desaparecido por la puerta. El amigo gordo había oído a Jamie gritar, y se giró.

—Escriban una carta al club si quieren un autógrafo. Pueden decir que Bluto les dijo que escribieran.

—¡Oye, no te pases! —dijo Jamie—. ¡Yo también soy del club!

Bluto le sonrió a su amigo.

—Todos dicen lo mismo, ¿no, Des?

—Siempre hay alguno que lo intenta —dijo Des a

los vigilantes—.Venga, Bluto, nos estamos perdiendo la movida.

Cuando los amigos de Gavin entraron el Tabú, uno de los vigilantes volvió a poner el cordón delante de la puerta y les cerró el camino a Jamie y Santiago.

—Es verdad que soy del club —dijo Jamie a los dos vigilantes de rostro impasible.

—Los dos somos del club —agregó Santiago.

—Yo nunca te he visto en St. James —dijo uno de los vigilantes.

—Todavía no hemos jugado en el campo grande. Somos del equipo reserva.

Los vigilantes cruzaron una mirada, sin saber si a los del equipo reserva se les podía considerar famosos, aunque fueran famosos de segunda categoría. A ellos se les pagaba por mantener fuera a los indeseables, pero también para dejar entrar a la gente adecuada, y la administración no veía con buenos ojos los errores.

—¿Tú qué crees? —dijo uno de los gorilas a su colega.

Al parecer, se iban a decantar por dejarlos entrar, cuando Santiago vio a alguien que conocía al otro lado de la calle.

—¡Hola, enfermera Harmison!

Roz Harmison había salido esa noche con su amiga Lorraine. Se detuvo y quedó mirando, y no tardó en reconocer a Santiago.

—Ah, hola.

—¿Quieren entrar con nosotros en esta disco?

—¡Qué va! Está llena de gente insoportable.

—Y entonces, ¿adónde van?

Roz vacilaba, pero su amiga Lorraine se mostró más abierta.

—Vamos al Spyglass. ¡Si quieren, pueden venir con nosotras!

—¡Lorraine! —le espetó Roz—. Se suponía que esta noche salíamos solas.

—No te preocupes —dijo la amiga, sonriendo—. Parecen inofensivos. —Se giró hacia Jamie y Santiago—. Y, ¿quieren venir o no?

El Spyglass era más un pub que una disco. Pero estaba decorada con gusto, tenía asientos cómodos y grandes mesas de madera. Lo mejor, para el gusto de Santiago, era que tenía chimenea. Quizá los troncos eran falsos, pero el calor que despedían era real.

Encontraron una mesa cerca del fuego y se sentaron a tomar una copa de vino. Al cabo de un rato, Santiago entró en calor y se quitó la chaqueta.

Roz sonrió.

—¿No acabas de acostumbrarte a nuestro clima?

—No se parece mucho al de Los Ángeles.

Lorraine bebía un Rioja.

—¿Los Ángeles? Estás muy lejos de casa.

—Yo también —dijo Jamie—. Soy de Liverpool.

—Los Ángeles y Liverpool. ¿Qué hacen los dos por estos lados?

—Somos jugadores del Newcastle.

Lorraine no ocultó su sorpresa cuando se giró hacia Roz.

—Creía que habías declarado a los futbolistas territorio prohibido.

Roz bebió un trago.

—Sólo son aprendices.

—Ah, entonces estás de suerte —dijo Lorraine a Santiago—. Siempre y cuando no se conviertan en superestrellas.

Santiago estaba totalmente desconcertado.

—Lo siento, no entiendo qué significa eso.

—Quiere decir que no cambies —explicó Roz—. Que no te conviertas en algo que no eres.

—Ah, ya entiendo. Al menos, creo que entiendo.

—Ahora me acuerdo de ti —dijo Roz, riendo mientras miraba a Jamie—. ¿Cómo está tu dedo?

Jamie se quedó mirando con el pánico pintado en la cara. No quería ir donde apuntaba Roz.

—Tu dedo —insistió ella—. El pie derecho. Tenías hongos debajo de la uña.

Cuando Lorraine hizo una mueca y casi se atoró con su Rioja, un Jamie muy avergonzado consiguió mirar a Roz con una sonrisa forzada.

—Gracias. Ahora sí que no hay duda de que le gustaré.

Catorce

Había empezado a llover. Y llovía con fuerza. Santiago miró por las ventanas de la sala de recepción y vio llegar a varios jugadores del primer equipo para el entrenamiento del día en sus Ferraris y sus Porsches, el tipo de coches que en Los Ángeles sólo había visto de lejos, cuando cortaba el césped o limpiaba el camino de entrada de sus dueños.

Santiago pensó en lo que Roz había dicho en el pub. *No cambies. No te conviertas en algo que no eres.*

¿Por qué habría de cambiar? Lo único que él quería era jugar al fútbol. Ganarse la vida dedicándose a algo que le gustaba de verdad. Lo único que cambiaría en él sería que sería totalmente feliz y se sentiría realizado.

Ya se había vestido para entrenar. Cuando se apartaba de la ventana, vio llegar un Aston Martin al aparcamiento a toda velocidad y detenerse con un patinazo en el asfalto resbaloso. Gavin Harris salió del coche y se refugió de la lluvia en el edificio. Había vuelto a llegar tarde.

El equipo técnico había decidido que ese día entrenarían en el interior. Santiago estuvo un rato sin hacer nada, esperando que cambiara el programa del día. Al cabo de un rato, Bobby Redfern le dijo que bajara al campo techado.

Nunca había visto el campo de césped artificial hasta ahora, y cuando cruzó las puertas de doble batiente, quedó asombrado por el tamaño de las instalaciones. Era enorme, parecido al hangar de un *jumbo jet*.

Los jugadores ya habían llegado, y algunos calentaban haciendo estiramientos o corriendo a ritmo lento de un lado al otro del campo, otros lanzando balones al portero en un extremo. Santiago volvió a mirar. El portero que calentaba en el fondo del campo era Shay Given. Y cuando recorrió el campo con la mirada vio que estaban presentes la mayoría de los jugadores del primer equipo.

Mal Braithwaite observaba desde la banda. Vio la mirada expectante que le lanzaba Santiago.

—El primer equipo necesita una buena sesión antes del partido contra Bolton. Juega con los rojos. En el medio campo.

Santiago cogió un peto rojo del montón y salió corriendo al campo, demasiado nervioso para integrarse a los grupos que calentaban a su alrededor.

Cuando Mal se dispuso a pitar para el comienzo del partido, se abrieron las puertas de doble batiente y entró Erik Dornhelm.

Para Santiago, los dos primeros minutos pasaron como si él no estuviera presente. Incluso en un partido de entrenamiento, el equipo titular jugaba a un ritmo más exigente, y Santiago intentaba ajustarse a la velocidad y al terreno de juego poco familiar lo mejor que podía.

Mal pasó corriendo a su lado, con la mirada fija en el partido.

—Venga, chico, ponte a jugar.

Era la llamada de atención que Santiago necesitaba. Corrió en busca del balón y, después de unos cuantos toques impecables, sintió que aumentaba su seguridad.

Gavin Harris recibió un pase largo en su campo. Intentaba pasar la pelota sin esforzarse demasiado cuando Santiago llegó corriendo y se la robó de entre los pies. A Gavin no le gustó y, cuando vio que Santiago se alejaba, corrió detrás hasta alcanzarlo cerca de la línea de banda.

El joven mexicano se detuvo de golpe y Harris vaciló, esperando ese segundo para atacar. Pero antes de que pudiera moverse, Santiago hizo una finta hacia la izquierda y luego hizo una bicicleta parecida a las de Ronaldo y lo esquivó por la derecha. Y ya había pasado.

En la banda, Erik Dornhelm cruzó una mirada con su entrenador y arqueó las cejas con un gesto de admiración.

Santiago se movió a toda velocidad. Sus delanteros esperaban, pidiendo el balón, perfectamente situados para un pase bien medido. Pero Santiago sólo pensaba en las palabras de Glen. Riesgo. Instinto.

Él tenía esas cualidades; Glen se lo había dicho. Un centrocampista rival intentó una entrada, pero Santiago lo sorteó con toda facilidad. Cuando vio que se le acercaba un defensa, levantó la mirada. Riesgo. Instinto.

Lanzó un disparo fuertísimo, que cobró altura. Shay Given voló hacia la izquierda, estirándose al máximo, y a duras penas alcanzó a darle al balón para desviarlo por encima del travesaño.

Santiago frunció el ceño. Cerca, muy cerca, pero no lo bastante. Cuando volvió a su posición, vio que Gavin Harris lo fulminaba con la mirada.

Aquella actuación electrizante fue el mejor momento del partido para Santiago, pero cuando Braithwaite pitó el final del partido, pensó que había demostrado relativamente bien de qué era capaz.

Cuando los jugadores de ambos equipos se habían empezado a quitar los petos y se dirigían a la salida, Erik Dornhelm cogió un balón y se alejó por la línea de banda.

—¡Muñez!

Santiago se acercó corriendo al director técnico y los demás jugadores se fueron quedando, curiosos por ver qué iba a pasar.

—Cuando diga "Corre", quiero que corras lo más rápido que puedas hasta la portería.

Algunos jugadores veteranos sonrieron, sabiendo lo que se avecinaba.

—¡Corre!

Santiago se giró y salió disparado. Cuando había dado las primeras zancadas, Dornhelm dejó caer la pelota y le dio una fuerte volea. Pasó por encima de la cabeza de Santiago y, mientras éste corría, la vio botar un par de veces y llegar hasta la red.

—¡Tráela! –gritó Dornhelm, y su voz rebotó como un eco en las grandes paredes del recinto.

El joven jugador recogió la pelota del fondo de la red y volvió trotando hasta el técnico.

Dornhelm recibió el balón y volvió a volear.

—¡Tráela!

Esta vez Santiago corrió mucho más lento al ver que el balón volvía a entrar en la red. Lo recogió y volvió corriendo.

—¿Qué has aprendido? –preguntó Dornhelm.

—¿Que puede meter la pelota desde el centro del campo?

Dornhelm no reaccionó ante la respuesta de Santiago.

—La pelota se desplaza más rápidamente que tú. En mi equipo, el balón se pasa. Jugamos como un todo. No me interesan los espectáculos de un solo hombre.

Gavin Harris se había detenido no lejos de ahí y se percató de la mirada que Dornhelm le dirigió fugazmente al acabar su reprimenda.

—La insignia de delante de la camiseta es más importante que el nombre de detrás.

Eran palabras como dardos, humillantes, y mientras Santiago se duchaba y se cambiaba, tenía la sensación de que los otros jugadores se reían de él. Evitó el contacto visual con los demás, y mientras se abrochaba la camisa sintió la tensión en el pecho.

Desde las salas de cura y de las duchas llegaban las voces, pero una mirada a su alrededor le bastó para saber que estaba solo.

Metió la mano en el bolso, sacó su inhalador para el asma y tomó una rápida dosis.

No vio a Hughie Magowan que salía de las duchas y se detenía a observarlo.

Quince

En el campo de St. James Park siempre había un ambiente de gran expectación los días de partido, sin que importara cómo le iba al equipo. Si los jugadores iban bien situados en la tabla, sus devotos seguidores acudían esperando otra victoria. Si estaban pasando por una mala racha, la afición llegaba convencida de que ése era el partido que haría cambiar la suerte de sus héroes.

Desde todas las direcciones, llegaba la afición blanquinegra, cruzando la ciudad hacia el imponente estadio.

A medida que se llenaba la gradería, la mayoría de las conversaciones giraban en torno a un tema, a saber, el emocionante final entre los primeros cuatro puestos de la Premier que, al año siguiente, serían los equipos clasificados para la Champions. Aunque estrecho, seguía siendo un margen.

Los últimos resultados del equipo habían sido vacilantes, por decirlo de alguna manera, y todos sabían que el partido de ese día, contra el equipo de Sam Allardyce, un equipo bien entrenado y con mucha experiencia, no sería una victoria fácil.

Erik Dornhelm estaba sometido a mucha presión, y lo sabía. Una seguidilla de bajas decisivas por lesión en el primer equipo no era precisamente lo más favorable, y hoy se había incluido en la alineación un par de nombres desconocidos, entre ellos, Carl Francis, el joven mediocampista que había causado buena impresión en el equipo reserva.

Santiago y Glen tenían algo que muchos seguidores del Newcastle tendrían que esperar años para conseguir, a saber, entradas para un partido de primera división. Los abonos de St. James eran para toda la temporada, con la excepción de algunos partidos de la Copa. Pero ya que figuraba entre los jugadores, por breve que fuera ese período, Santiago tenía la oportunidad de vivir la atmósfera única de St. James, ver el campo que soñaba pisar algún día y ovacionar a su equipo como el resto de los seguidores. No sólo eso, también había conseguido una entrada para Glen.

Cuando salieron de uno de los túneles de acceso que miraban hacia el campo, Santiago se detuvo, boquiabierto. Nada de lo que había visto en el corto tiempo que llevaba en el club se comparaba con aquello. El campo de entrenamiento, las instalaciones interiores, incluso el exterior del estadio, todo era asombroso. Pero aquello... Aquello era aplastante, sobrecogedor. Las enormes graderías se elevaban hacia el cielo, revestidas de un mar blanquinegro.

—Venga, chico, no te quedes ahí parado —dijo una voz a sus espaldas, y él avanzó rápidamente hasta alcanzar a Glen.

Encontraron sus asientos, y estaban hojeando el programa del partido cuando una voz por la megafonía comenzó a anunciar las alineaciones definitivas. Todos los nombres del equipo de casa fueron ovacionados, pero con diferentes niveles de bullicio, según la popularidad de cada jugador. Como de costumbre, el nombre de Alan Shearer fue el que cosechó los vítores más ruidosos.

En lo alto de todo, en uno de los palcos privados, el hecho de que el nombre de Gavin Harris recibiera menos aplausos y hurras que la mayoría de jugadores no pasó inadvertido para Barry Rankin, el agente del jugador, ni para Cristina, la veterana y siempre sufrida amiga de Gavin, que había viajado desde Londres con Barry a ver el partido.

La sala de grandes ventanales estaba llena a reventar con invitados de los jugadores estrella, todos disfrutando de unas copas y de canapés de salmón ahumado antes del partido. Los que más bandejas vaciaban eran los dos amigos que Gavin tenía en Londres, Bluto y Des, que estaban aprovechando al máximo su larga estadía en Tyneside.

Barry cogió a Bluto por el brazo y le habló pausadamente, de modo que la mayoría de los presentes no oyera la pregunta.

—Y bien, ¿nuestro chico se está portando bien?

—Mejor, imposible —dijo Bluto, con la boca llena de canapés de salmón ahumado. Se percató de la mirada dudosa de Cristina—. ¡Te lo digo de verdad!

Se escuchó un rugido en las graderías cuando los jugadores salieron al campo.

—Será mejor que busquemos nuestros asientos —dijo Barry, y convidó a Cristina a cruzar las puertas de vidrio y asomarse a la catedral de St. James.

Erik Dornhelm miraba con rostro inexpresivo, sentado en uno de los asientos de lujo, estilo vuelo transatlántico y con calefacción, del banquillo del Newcastle. Junto a él, Mal Braithwaite tamborileaba nerviosamente y se mordía las uñas mientras el Newcastle intentaba controlar el partido durante los primeros veinte minutos.

A unos metros a su izquierda, Sam Allardyce y su equipo estaban instalados en asientos mucho menos cómodos, de plástico normal y corriente de retretes, en el banquillo de las visitas. Al Gran Sam no parecía importarle la diferencia entre el banquillo de los locales y el de las visitas. Quizá ni se había dado cuenta. Cada dos por tres se ponía de pie y gritaba órdenes a sus sufridos jugadores.

Las multitudes estaban extrañamente tranquilas, muy conscientes de que el Newcastle no estaba dando lo mejor de sí mismo, y que su actuación estaba lejos de lo que quería y exigía el entrenador. Habían disfrutado de una buena posesión de la pelota, pero no habían creado ninguna oportunidad clara de gol.

Desde su posición a la izquierda y por encima de los banquillos, Santiago veía a Mal Braithwaite, inquieto, y casi palpaba el nerviosismo latente. Justo detrás de los banquillos, las filas de periodistas de la prensa y la radio, ocupados con móviles y micrófonos, transmitían para sus lectores y sus oyentes lo que para el público del estadio era evidente, es decir, la falta de dinamismo del equipo local.

Y detrás de los periodistas, el presidente, los directores y sus invitados se removían, incómodos, en sus sillas de ejecutivos perfectamente cómodas.

El primer tiempo acabó sin goles, y cuando Dornhelm y sus jugadores desaparecieron por el túnel de los vestuarios, se llevaron más de un abucheo de la afición.

En las gradas, Glen estaba menos que impresionado.

—Están totalmente desorganizados y Harris no está metido en el partido.

Santiago tenía reparos para criticar a sus compañeros.

—Carl Francis lo está haciendo bien.

—Sí, parece que sirve de algo. Por lo menos lo intenta.

El segundo tiempo empezó tal como había acabado el primero. El Newcastle tenía la posesión del balón, pero aquella posesión no redundaba en goles. Y, de pronto, se produjo una brecha. Kieron Dyer lanzó un pase ajustado por delante de Gavin Harris. Pero a Harris el pase lo pilló a contrapié y ni siquiera alcanzó a conectar con el balón cuando se lanzó a por él.

De las gradas escapó un gruñido colectivo y Erik Dornhelm ordenó inmediatamente a dos de los suplentes que empezaran a calentar.

Fue como si los del Bolton se hubieran animado con el error, porque comenzaron a gozar de un período de presión y dominio. Carl Francis interceptó un balón, pero cuando quiso convertir la defensa en ataque, lo tumbaron con una entrada feroz.

Francis cayó rodando a la vez que se cogía la rodilla. Cuando el estadio rugió para expresar su bronca, el árbitro no dudó en sacar la tarjeta amarilla.

La lesión era grave. Todos lo sabían al ver el remolino que armaron los jugadores de ambos equipos en torno al hombre caído. A Francis se lo llevaron en camilla, acompañado de los aplausos del público. Erik Dornhelm decidió hacer no una, sino dos sustituciones.

Arriba, en el palco ejecutivo, Bluto casi no se lo creía.

—¡Ese cretino va a sacar a Gavin! Es ridículo. ¡Si es el único que ha hecho algo en toda la tarde!

Barry Rankin y Cristina guardaron un discreto silencio.

Cuando se acercaba el final, y cuando menos se esperaba, el Newcastle consiguió acertar al larguero y se situó por delante en el marcador. Y en los últimos minutos aguantaron la presión sostenida del Bolton, y afianzaron el triunfo con mucha suerte.

Cuando sonó el final del partido, Sam Allardyce se giró hacia su rival, le tendió la mano y saludó con la cabeza.

—Buen partido —dijo, guardándose sus pensamientos sobre la actuación de los rivales para la conferencia de prensa después del encuentro y para la entrevista de *El partido del día*.

Había sido un partido poco vistoso, pero cuando la afición empezó a abandonar cansinamente el estadio, al menos se marchaban con el consuelo de tres valiosos puntos.

Gavin Harris no se quedó esperando en los vestuarios. Se había duchado y vestido antes de que sonara el silbato final y poco después se encontró con Barry y Cristina, junto con los pegotes, Bluto y Des, que seguían disfrutando de la gloria que irradiaba su famoso amigo.

Pero su famoso amigo no se sentía especialmente glorioso. No estaba contento con la sustitución y se aseguró de que su representante se enterara. Cuando iban por la escalera mecánica que bajaba desde los palcos hasta el nivel del campo, dijo:

—Si piensa quitarme de en medio de esa manera, ¿por qué se habrá molestado en pagar más de ocho millones por mí?

Barry Rankin siempre era leal con sus clientes, y solía mostrarse condescendiente con sus monumentales egos, pero no solía abstenerse de meter alguna palabra de precaución cuando la ocasión lo requería.

—No estaría mal poner un poco más de esfuerzo en ello, Gavin.

Cristina estaba junto a Gavin.

—Y quizá acostarse temprano unas cuantas noches.

Su novio ignoró el comentario cáustico, sobre todo cuando, un poco más abajo en la escalera, Bluto y Des rompieron a cantar una versión muy mala y muy desentonada de "Fog on the Tyne."

Gavin sonrió, pero Cristina suspiró con un gesto de cansancio.

—Vengo desde Londres y me tengo que estar con este par de imbéciles.

—No son unos imbéciles —dijo Gavin—. Son mis colegas.

Cristina sacudió la cabeza, asombrada de que su novio no fuera capaz de ver la verdad.

—Gavin, créeme, esos tíos no son tus colegas.

Llegaron al nivel del campo y siguieron por el pasillo de servicio que pasaba por debajo de las entradas principales hasta el estadio.

Cuando se dirigían al estacionamiento, Barry vio a Glen saliendo por otra puerta junto a Santiago.

Gavin y sus amigos siguieron, pero Barry se detuvo y le habló a Glen.

—Hola, Glen. Supongo que todavía estás cabreado por lo de Los Ángeles.

—Estabas "trabajando", Barry —dijo Glen, encogiéndose de hombros—. Y se oía la fiesta como ruido de fondo.

—Vale, de acuerdo —dijo el representante, alzando las dos manos—. Estaba en una fiesta. ¿Qué quieres que te diga?

—Puedes saludar a mi amigo, aquí —dijo Glen, señalando a Santiago con un gesto de la cabeza—. Éste es el hombre que te has perdido.

Barry se lo quedó mirando.

—¿Ah, sí? ¿Y qué hace aquí en Newcastle?

Glen sonrió.

—A Santiago lo han fichado. Ya nos veremos, Barry.

Se alejaron, y Barry se quedó mirando.

Dieciséis

Santiago nunca se cansaba del fútbol, ni de los entrenamientos. Durante las próximas dos semanas, se entregó a fondo con todo lo que tenía, sabiendo demasiado bien que los días de su período de prueba pasaban rápidamente. Creía que su rendimiento era bueno, pero era imposible saber si era suficiente o no. En el equipo, nadie prodigaba demasiado los elogios.

A veces, cuando acababa el entrenamiento oficial, seguía practicando solo. Cargaba con un enorme saco con más de veinte pelotas, se dirigía a uno de los terrenos de entrenamiento y las alineaba a unos veinte o veinticinco metros del área de penalti.

Comenzaba a practicar sus tiros libres, y no paraba hasta que todas las pelotas estuvieran en el fondo de la red. Y luego, solía recomenzar.

Una tarde húmeda y triste, estaba solo en el terreno de juego. En el cielo sobre su cabeza flotaban unas nubes oscuras y pesadas. Metió un balón en la portería y se giró para atacar el próximo.

En la zona de recepción, Erik Dornhelm había salido del edificio principal y se detuvo cuando vio la figura distante que se preparaba a disparar. Vio a Santiago dar tres zancadas cortas y meter la pelota en una esquina de la red.

Dornhelm conservó su talante inexpresivo. Siguió hasta llegar a su coche, subió y partió.

Santiago había quedado con Roz para tomar una copa más tarde esa noche. Era una de las cosas que le preocupaban. Con Roz se llevaba bien, muy bien, y no contemplaba la idea de tener que decir adiós si su período de prueba no se prolongaba. Sólo podía seguir dando de sí todo lo que podía. Y conservar la esperanza.

Salió de los vestuarios y se detuvo ante el tablón de anuncios de corcho, lleno de diversos avisos y listas de equipos. Barrió el tablón de una mirada y se detuvo ante la lista de los seleccionados para el próximo partido del equipo reserva, mirando para ver qué amigos habían quedado en la lista. Hughie Magowan estaba entre ellos, era inevitable. Y Jamie también. Y luego... Leyó el nombre una y otra vez para estar absolutamente seguro.

Ahí estaba, escrito en blanco y negro. Ahí estaba su nombre: S. MUÑEZ.

Roz todavía estaba de guardia en el hospital cuando llegó Santiago. Iba por el pasillo empujando una silla de ruedas con un chico con la pierna escayolada. De pronto vio a Santiago que venía de prisa a su encuentro.

—¿Qué haces aquí? ¿Te has lesionado? —dijo, y luego respondió a sus propias preguntas—. No, no puedes estar lesionado. Se te nota en cómo sonríes.

—Tengo una noticia fantástica. Me han seleccionado para el equipo reserva.

—¿Sí? Es una noticia estupenda.

—Si el técnico ve que lo hago bien, puede que me deje seguir.

—Estoy segura que te dejará, Santi.

—Entonces, ¿celebramos esta noche?

— Mi turno acaba dentro de media hora.

El chico en la silla de ruedas había escuchado la conversación que iba y venía como si estuviera viendo un partido de tenis. Cuando pararon, aprovechó la ocasión.

—¿Tú juegas en el Newcastle? —le preguntó a Santiago.

A éste casi le dio vergüenza responder.

—Sí —dijo.

El chico se golpeó la pierna escayolada.

—Fírmame aquí, venga.

Santiago vaciló.

—¿Lo dices en serio?

—Claro que lo dice en serio —dijo Roz, y sacó un boli de su bolsillo.

Cuando Roz acabó su turno, fueron hacia el río y cruzaron el puente del Milenio hasta el lado de Gateshead. Todavía era temprano, y la mayoría de los bares ni siquiera habían abierto. Pero se sentían felices así, simplemente caminando.

—He llamado a mi abuela mientras te esperaba. Se puso muy contenta.

Pasaron junto al enorme Sage Centre, con sus paredes de vidrio, y se cruzaron con un grupo de adolescentes que hablaban de fútbol.

—Pronto te estarán pidiendo un autógrafo —dijo Roz.

Santiago todavía recordaba lo que Roz había dicho en el pub la primera noche que habían salido.

—Espero que no te moleste si te pregunto. Nunca me has contado qué problema tenías con los futbolistas.

—No son los futbolistas en sí. Es todo el cuento de la fama. Es culpa de mi padre. Cuando era niña, tocaba en un grupo de rock. Tuvieron sus cinco minutos de gloria.

—¿Crees que conozco el grupo?

—Lo dudo. Lo que pasa es que algunos de los jugadores me recuerdan a mi padre. Un día son tíos agradables y nada complicados y, al siguiente, son unos imbéciles redomados que han ganado mucho dinero y acaban abandonando a su familia.

Siguieron caminando en silencio un rato, los dos sumidos en sus ideas y recuerdos. Santiago se detuvo y se afirmó en la barandilla, mirando hacia el río, y Roz se detuvo junto a él.

—En mi caso, es mi madre la que nos abandonó.

—¿Los abandonó? ¿Por qué?

Santiago se encogió de hombros.

—Mi padre nunca habla de ello, pero recuerdo su

rabia y cómo se puso a beber. Es por eso que empecé a jugar al fútbol. Lo necesitaba para escaparme de todo eso, incluso cuando era niño. Siempre quise que fuera parte de mi vida.

—¿Y por qué tuviste que venir hasta aquí para que se cumpliera tu deseo?

Santiago se giró y miró a Roz.

—Eso se lo tienes que preguntar a los santos. O quizá era que los santos ya habían decidido que nos conoceríamos.

—¿Esa respuesta te ha dado buenos resultados en tu país? —preguntó Roz, riendo.

—En castellano suena mucho mejor.

Roz volvió a reír, pero ya no siguieron hablando. Y, por primera vez, se besaron.

Mercedes esperaba el momento adecuado. Herman había acabado de cenar y estaba mirando la televisión. No lo pillaría más relajado.

Julio miró a su abuela, y con un gesto silencioso la urgió a decidirse.

La anciana respiró hondo.

—Me ha llamado Santiago. Estaba muy contento.

Herman no dijo palabra. Seguía con la mirada fija en la teleserie. Los diálogos de la ficción eran mucho más fáciles de seguir que los de la realidad.

—Cuéntale lo del partido —dijo Julio.

Mercedes quiso volver a intentarlo.

—Va a jugar mañana por la noche. Después de sólo tres semanas. ¿No te parece una noticia fantástica?

Herman no dejó de mirar la televisión. Contestó con tono de total indiferencia.

—Se fue como un ladrón en la noche sin despedirse. ¿Por qué habría de importarme?

Diecisiete

El partido del equipo reserva se disputaba bajo los focos de Kingston Park, el estadio que el equipo compartía con el club de rugby de los Falcons de Newcastle.

En los vestuarios, los veteranos cumplieron con la misma rutina que habían repetido en mil ocasiones, mientras los jugadores jóvenes se cambiaban rápidamente y parloteaban sin parar. Sabían que allá afuera esperaban Mal Braithwaite y Erik Dornhelm.

Santiago se había cambiado junto a Jamie.

—Me gustaría que Glen estuviera aquí esta noche.

—¿Dónde está?

—En Londres. Su hijo está a punto de casarse. Glen ha ido a conocer a los padres de la novia.

El entrenador del equipo reserva, Bobby Redfern, entró en el vestuario y golpeó las manos para llamar la atención de los jugadores.

—Hola, chicos, presten atención. La lesión de tendón de Claudio no es grave, así que lo dejaremos jugar al menos el primer tiempo. Santiago, te quiero en la banda derecha, pero no pierdas de vista al número ocho. Es rápido y escurridizo como una bolsa de hurones.

Santiago miró, sorprendido, pero Jamie sonrió.

—Ya te lo traduciré cuando salgamos.

—Cállate, Jamie, y escucha —dijo Bobby—. Quiero que te sitúes entre los dos delanteros. Y cada portero jugará un tiempo cada uno. Venga, vamos allá.

Los jugadores se quedaron mirando, esperando la familiar consigna de Bobby.

—Ah, sí, ¡y no dejen que les entre el pánico y comiencen a jugar al fútbol!

La frase recibió como respuesta una andanada de risas forzadas y bromas.

Ante la tensión y los nervios del momento, Santiago decidió que necesitaba su inhalador para el asma. Esperó a que los demás salieran trotando y buscó en su bolsa. Al sacar las espinilleras, el inhalador quedó enganchado y rodó por el suelo. Santiago se puso rápidamente de rodillas para recogerlo, pero antes de que echara mano del pequeño cilindro azul, una bota número cuarenta y cinco lo aplastó y lo hizo añicos.

Santiago levantó la mirada y vio a Hughie Magowan, que le sonreía desde arriba.

—Lo siento, chico. ¿Era algo importante?

No había nada que hacer, pero cuando Santiago salió a la luz cegadora de los focos, sintió una tirantez en el pecho, mucho más intensa de lo habitual.

Había menos de mil espectadores reunidos en pequeños grupos compactos en las gradas. Unos cuantos eran seguidores incondicionales que jamás se perdían un partido. Pero la mayoría eran hombres, algunos con hijos pequeños, que vivían en el barrio y no tenían nada mejor que hacer.

Santiago empezó a luchar por el balón desde el comienzo. La humedad ambiente no le favorecía nada, y al cabo de un rato empezó a jadear y a respirar con un silbido parecido al de un fumador de un paquete al día. Cuando miró hacia la línea de fondo, supo que Mal Braithwaite y Erik Dornhelm no estaban para nada impresionados.

A los veinte minutos de la primera parte, Hughie Magowan le entró a uno del equipo rival con su estilo y gracia habituales. El árbitro pitó falta de tiro libre y le advirtió al defensa central que la próxima sería tarjeta amarilla.

Santiago retrocedió hasta la barrera defensiva. Magowan estaba junto a él, y le sonrió.

—¿Qué le ha pasado a Speedy González esta noche? ¿Ya no tiene piernas?

Santiago no tenía aire para contestar.

El tiro libre fue poco certero y chocó contra la barrera. Era la oportunidad perfecta para un contraataque rápido. Jamie dejó la pelota en la trayectoria de Santiago con un pase bien puesto, pero Santiago no respondió. Sus piernas no reaccionaron, ni siguieron la orden impartida por su cerebro. El número ocho, del que Bobby le había advertido, lo adelantó a toda velocidad y sacó el balón con un gancho para ceder un saque de banda. Santiago cayó de rodillas.

Jamie llegó corriendo.

—¿Te encuentras bien?

Santiago dijo que sí con la cabeza y se levantó a duras penas.

Antes de que acabara el primer tiempo, los entrenadores y el director técnico ya habían visto más que suficiente. El número ocho le daba mil vueltas a Santiago, y lo mismo sucedía con los defensas centrales. Era vergonzoso.

Cuando el balón salió y se pitó saque de banda, Santiago miró hacia fuera del campo y vio a un suplente que ya se había quitado el chándal y se preparaba para entrar. Bobby Redfern le hizo una seña al árbitro y llamó a Santiago.

Con un paso lento que delataba su hundimiento físico, abandonó el campo. Era incapaz de correr. Intercambió un golpe de manos con el suplente y pasó al lado de Redfern con la cabeza caída. El entrenador le dio unas palmadas en la espalda.

—Ya te puedes dar una ducha, chaval.

Solo en el vestuario, se dejó caer en un banco. Estaba al borde de las lágrimas. Era su gran oportunidad, probablemente su única oportunidad, y la había desperdiciado.

Se quedó sentado, la mirada perdida en la pared del vestuario. No veía nada, sólo revivía la actuación deplorable que había tenido en el terreno de juego. Entró Mal Braithwaite y en seguida vio la expresión de desánimo de Santiago.

—¿Y eso qué ha sido? ¿Estás lesionado?

—No, señor.

—¿Entonces, qué? ¿Has estado de juerga?

Santiago negó con la cabeza.

Mal vaciló un momento.

—¿Hay algo que quieras contarme?

Claro que Santiago quería contarle. Estaba desesperado por contárselo. Pero no podía. Ya era demasiado tarde.

—No, señor.

Mal dejó escapar un suspiro. Nunca le había gustado ese aspecto de su trabajo.

—No sé, Santi. Tienes la habilidad, y he visto que tienes buen ritmo, pero puede que no tengas la fuerza necesaria para jugar en un equipo inglés. Quizá te iría mejor jugar en un equipo en tu país. Lo siento, hijo. Tengo que decirte que no puedes seguir.

Santiago tenía que ver a Roz. Contárselo. Decirle que había fracasado, que había decepcionado a todo el mundo, que lo habían despedido. Y que volvía a casa.

Se sentía avergonzado, humillado, y salió de Kingston Park antes de que acabara el partido. Nadie se dio cuenta, a nadie le importaba. Después de una actuación como ésa, ¿por qué habría de importarles? Mañana ya lo habrían olvidado, como si nunca hubiera pasado por el Newcastle.

Roz vivía en un barrio densamente poblado en lo alto de la ciudad cuyas casas miraban hacia el centro y el río Tyne. Santiago bajó del taxi, se acercó a la puerta y tocó el timbre. Esperaba que le abriera Roz. Pero no fue Roz la que apareció.

La puerta se abrió hasta atrás y Santiago se encontró frente a frente con una mujer atractiva, de casi cincuenta años, aunque se veía que hacía todo lo posible por parecer más joven. La falda era un poco demasiado corta y la blusa demasiado ceñida. Carol Harmison todavía se veía a sí misma como la chica marchosa que había sido veinte años antes. Pero su sonrisa era auténtica y amable.

—¿Sí?

—¿Es... ésta es la casa de Roz Harmison?

—Roz, te buscan —dijo Carol, sin dejar de mirar a Santiago—. Tú debes ser el joven de Los Ángeles. He oído hablar mucho de ti.

—Santiago, sí.

—Bueno, entra —dijo Carol, y dio un paso a un lado.

Santiago le agradeció con un gesto de la cabeza y entró. Carol cerró la puerta.

—Estuve en Los Ángeles hace años, cuando el grupo de mi marido estaba de gira. Nos quedamos en el Hyatt House, en Sunset. En esa época lo llamaban La Casa del Motín. No te creerías lo que éramos capaces de hacer. En una ocasión, llegó un...

—¡Mamá! —dijo Roz, que había aparecido en la escalera—. ¿No tenías que encontrarte con tus amigos en el Wheatsheaf?

Roz ya había escuchado muchas veces las batallitas de su madre con el rock. Podían ser divertidas y sabrosas, pero eran muy fuertes y, sobre todo, no eran para alguien que venía por primera vez a casa.

—No hay por qué darse tanta prisa —dijo Carol, y le

lanzó a Santiago una mirada sugestiva de mujer de mundo. Y luego vio la expresión en la mirada de su hija. Las palabras sobraban. *Mamá, esfúmate.*

—Pero, claro —dijo Carol con un suspiro—, supongo que me están esperando. —Se volvió hacia Santiago con una sonrisa generosa—. Ha sido un placer conocerte. Tienes que volver otro día. Me encantaría saber si Los Ángeles sigue siendo como en los viejos tiempos. —Cogió un abrigo de un aparador en el pasillo y Roz hizo pasar a Santiago a la sala de estar.

—¡Es un bonito nombre! —dijo Carol, mientras se miraba en el espejo—. Santiago, es tan... evocador. Venga, ya nos veremos.

—Adiós, Mamá.

Carol dio un portazo al salir y Santiago se puso a mirar una serie de discos de oro enmarcados y fotos de Carol con diferentes grupos de rock. Le hicieron pensar en Glen, que también tenía su historia colgando de una pared.

—¿Y, qué ha pasado? —preguntó Roz—. ¿Cómo te ha ido? No te esperaba a esta hora.

Santiago se giró.

—Me han cortado.

—¿Cortado? ¿Dónde? Muéstrame.

—No, me han dado de baja. Me han despedido. He venido a decirte adiós.

—¿Te... vas?

—No tengo por qué estar aquí si no estoy en el equipo.

—Pero, ¿por qué? ¿Qué ha pasado?

—No se lo podía decir. No podía decir por qué he jugado tan mal. No podía ir donde el jefe y contarle lo que me pasa.

Roz le cogió la mano y se sentó con él en el viejo sofá que ocupaba todo un lado de la sala.

—Santi, no lo entiendo. ¿Qué es lo que no podías contarle?

—Que mentí en el examen físico. Te mentí a ti. Tengo asma.

—¿Por qué no lo habías dicho?

—Porque si lo hubiera dicho ni siquiera me habrían dado la oportunidad de una prueba.

Roz no le había soltado la mano, y ahora se la apretó suavemente.

—Mira, estas cosas siempre les ocurren a los jugadores. Ya encontrarás otro equipo.

—Pero no aquí. Estaba loco pensando que podría conseguirlo. Y he decepcionado a los que me apoyaban. A mi abuela. A Glen. Me voy a casa, Roz. Me voy mañana.

Dieciocho

Gavin Harris sabía perfectamente bien que no se debería haber quedado toda la noche. Pero Cristina había regresado a Londres, él se sentía solo y las dos chicas que había conocido en la disco eran muy simpáticas.

Cerró en silencio la puerta del piso en el bloque, y parpadeó cuando la intensa luz del día le hirió los ojos cansados. Se asomó tímidamente al borde del balcón de la tercera planta.

Todavía estaba ahí. Su precioso Aston Martin de color amarillo seguía justo donde él recordaba haberlo dejado.

Gavin no vestía de día y su abrigo largo de cuero y su traje Armani oscuro parecían aun más fuera de lugar en lo alto de ese bloque de pisos. Se abrochó la camisa, sacó una gorra de lana del bolsillo, se la puso, sacó un par de gafas de sol plegables y se las calzó. Su aspecto era por lo menos igual de llamativo que su Aston Martin amarillo.

Llegó hasta el ascensor lleno de grafitos y pulsó el botón, justo cuando una mujer de edad mediana con la cabeza tapada con una bufanda pasaba hacia las escaleras.

—No funciona. Hace años que no funciona.

Gavin frunció el ceño. Estaba casi seguro de que la noche anterior había funcionado.

La mujer se detuvo y luego se giró.

—¿Oye, tú no eres... ?

—¡No!

Pero la mujer no se dejaba engañar.

—Ahora entiendo por qué te sustituyeron la semana pasada. ¡Eres una mierda!

Gavin no se detuvo a discutir. Bajó la escalera de dos en dos peldaños, y siguió corriendo cuando llegó abajo. Cuando llegó junto al Aston Martin, se detuvo de golpe.

—¡Oh, no!

El coche seguía ahí, de eso no había duda. Pero las ruedas no estaban. Habían dejado el vehículo perfectamente apuntalado con cuatro montones de ladrillos.

Un par de chicos de aspecto desaliñado observaban, sentados en el borde de la acera.

—¿Han visto a... ?

—No hemos visto nada, señor —dijo uno de los chicos.

—Pero quizá conocemos a alguien que haya visto algo —dijo el otro.

Gavin echó mano de su móvil.

—Déjalo correr. —Podía pagar las ruedas... que se lo llevara la grúa, si era necesario. Lo que no podía permitirse era otra bronca de Erik Dornhelm. Marcó el número de una empresa de taxis que tenía en la agenda—. Venga... venga.

—Taxis West End.

—Necesito un taxi urgentemente. Soy Gavin Harris.

—Sí —dijo una voz indiferente en el otro extremo—, y yo soy Clint Eastwood. Me has salvado el día.

—Hablo en serio. Soy Gavin Harris. Necesito un taxi, urgentemente. Y no importa lo que cueste.

El taxi venía de Tynemouth y ya había entrado en la ciudad. Santiago iba en el asiento trasero, agobiado, con la moral por los suelos.

En el salpicadero había una pegatina que leía GRACIAS POR NO FUMAR, aunque era claro que no se aplicaba al taxista, que fumaba alegremente y dejaba escapar el humo por la ventana parcialmente abierta. Al comienzo, había intentado hablar con Santiago un par de veces, pero sin llegar muy lejos. No le importaba. Ya le bastaban sus cigarrillos.

Santiago le había dejado una carta a Glen. No era como él lo hubiera querido. Parecía casi un acto de cobardía, pero no tenía ganas de enfrentarse a una llamada por teléfono tan humillante. Así que había escrito la carta, explicándole a Glen lo mejor que podía y agradeciéndole por todo.

Por la radio del taxi llegó el aviso.

—Gordon, ¿estás en alguna parte cerca de Blakelaw?

—Sí, ¿por qué?

—Gavin Harris está en un aprieto. Necesita un coche desesperadamente.

—Pero si ya tengo un pasajero.

—¡Harris es titular, tío! ¡Muévete!

Gordon miró a Santiago por el espejo retrovisor.

—Lo siento, guaperas, hay un desvío. Gavin es una celebridad. ¡Hay que sacarlo de ahí!

Gavin se paseaba de un lado a otro cuando llegó el taxi. Abrió de un tirón la puerta trasera y reconoció a Santiago.

—¿Qué pasa aquí? ¿Tú también llegas tarde al entrenamiento?

—No, tengo que ir a la estación.

—¿Por qué?

—Porque la he fastidiado.

Gavin subió al taxi y cerró de un portazo.

—Me lo contarás en el camino —dijo, y se volvió hacia el taxista—. Venga, Jenson Button, llévanos al campo.

Gordon, el taxista partió, no exactamente como lo haría un Fórmula Uno, pero quemando las ruedas lo mejor que podía. Mientras se dirigían a toda velocidad al campo de entrenamiento, Santiago le contó a Gavin lo sucedido la noche anterior, lo de su asma y el inhalador roto.

—¿Y quién fue el que te pisó el inhalador?

—Hughie Magowan, aunque es probable que fuera un accidente.

El taxista rió.

—Lo dudo. Ese Hughie Magowan siempre ha sido un cabrón de mucho cuidado.

—Si no te importa —dijo Gavin—, es una conversación privada.

—Es que el chico me da lástima.

Llegaron al aparcamiento del estadio y Gavin le cogió el bolso a Santiago.

—Arreglemos esto de una vez.

Pero...

—Yo hablaré con el jefe.

Hurgó en el bolsillo buscando un billete cuando Gordon se giró.

—Así que tú eres el famoso Gavin Harris.

—Culpable.

—Tengo que decirte que...

—Ya, ya lo sé. Soy una mierda. Ya me he encontrado con tu madre y ella me lo dijo.

—Guapo, la verdad es que no vales ocho millones.

—En realidad, son ocho millones cuatrocientas mil —dijo Gavin, y le entregó mucho más dinero de lo que marcaba la carrera—. Guárdate el cambio.

La mirada que le lanzó Erik Dornhelm a Gavin y a Santiago, él sentado a su mesa y ellos al otro lado, como si fueran una pareja de escolares traviesos delante del director, era del todo inescrutable.

Pero al menos los escuchaba.

—Lo que pasa es que, con todo el respeto, viejo,

quiero decir, señor Dornhelm —dijo Gavin, queriendo hacer hincapié en el problema de Santiago en lugar de tratar el suyo—, el club cometería un grave error si dejara ir a este chico.

—¿Eso es lo que crees?

—Yo he jugado con él, y contra él, y he visto que tiene lo que hay que tener. Y el resto del equipo también. Quiero decir que, técnicamente, es...

—¿Quieres decir que es mejor que tú?

Gavin vaciló.

—Pues, está en el mismo nivel. O podría estarlo. Anoche perdió su inhalador. Sufre de asma ¿me entiende? Por eso tropezaba de esa manera, como el cuento del dragón mágico.

Dornhelm desplazó la dura mirada de Gavin a Santiago.

—¿Es verdad lo que dice?

—Sí, señor, intentaba ocultarlo.

Dornhelm hizo chasquear la lengua, irritado.

—Mentir es un problema, pero el asma no tiene por qué serlo. Puedes recibir tratamiento. Y medicarte. ¿Tu médico allá en tu país no te lo explicó?

—No tenía un médico en mi país, sólo la clínica gratis de Los Ángeles.

Dornhelm guardó silencio, pensativo. Santiago y Gavin intercambiaron una mirada.

—La gente no deja de intervenir a tu favor, Muñez.

—Sólo quiero una oportunidad para demostrar que tienen razón.

—¿Crees que te lo mereces?

—Sé que me lo merezco.

Dornhelm casi sonrió. Pero no sonrió. Glen Foy, Mal Braithwaite y, ahora, Gavin Harris, uno tras otro, le habían dicho que ese chico tenía algo especial, algo que había que cuidar y cultivar.

—Ve a ver al médico. Cuéntale lo del asma. Y luego preséntate al entrenamiento.

Santiago no podía ocultar su alegría. Se inclinó por encima de la mesa, estrechó la mano que Dornhelm le tendía, sacudiéndola enérgicamente.

—Gracias, señor. ¡Gracias! Muchas gracias. —Se giró hacia Gavin y también le estrechó la mano—. Y gracias a ti, Gavin. Muchas, muchas gracias.

—Ningún problema, chico —dijo Gavin, acompañándolo hacia la puerta.

—¡Gavin!

—¿Jefe?

—¡Tú te quedas!

Santiago salió, la sonrisa pintada en la cara, y Dornhelm esperó a que la puerta estuviera firmemente cerrada.

—Has tenido un gesto muy correcto.

—Sí, pues, es un buen chico, y...

—Pero ahora me explicarás por qué vas vestido como si fueras a una discoteca y... —dijo, y se miró el reloj—... llegas con cuarenta y siete minutos de retraso al entrenamiento.

Diecinueve

Glen no llegó a leer la carta. Santiago la rompió antes de que su amigo llegara a casa esa noche. Pero le contó a Glen lo sucedido. También le contó lo del asma, y de cómo Gavin Harris había intervenido e influido en la decisión de Dornhelm de conservarlo en el equipo.

Glen se tomó la noticia con filosofía.

—Si te esfuerzas en trabajar y le demuestras a Dornhelm de qué eres capaz, ya verás cómo en seguida se da cuenta de lo que tiene —dijo.

Eso hizo Santiago. Se volcó por entero en los entrenamientos de los días siguientes. Su brillante actuación en el equipo reserva fue recompensada con una prolongación del período de prueba de un mes.

Lo celebró con Roz. Su suerte estaba cambiando y, con el tiempo, la presión comenzó a disminuir, aumentó su confianza y comenzó a dar sus frutos. Se convirtió en un habitual en la alineación del equipo reserva y su nombre apareció en la lista de goleadores por primera vez en un partido contra el equipo reserva de los Queen Park Rangers.

Además, gozó de una bonificación. Santiago tenía

tan desquiciados a los defensas de los Rangers que uno de ellos ya no pudo aguantarlo. Cegado por su frustración, acometió contra el joven jugador con una brutal entrada por detrás.

Cuando los jugadores del Newcastle se arremolinaron en torno al caído, el árbitro sacó la tarjeta amarilla y se situó entre el defensa y Hughie Magowan, que se había acercado al rival y ahora lo agobiaba con una bronca feroz.

Al cabo de un rato, el mismo defensa central tenía la posesión del balón. El tipo no estaba muy dotado cuando se trataba de pasarlo. No era más que una máquina de segar, como el propio Magowan. Cuando le llegaba el balón, su primer impulso era deshacerse de él. Esta vez ni siquiera tuvo la oportunidad. Hughie se fue directo hacia él y lo dejó planchado.

El árbitro pitó falta y sacó la amarilla por segunda vez.

—Has llegado tarde, Magowan.

—He llegado lo más pronto que pude —dijo éste, con las manos en alto.

El entrenador de los Rangers llegó corriendo a ocuparse del defensa postrado. Hughie se acercó a Santiago y le guiñó un ojo.

—Se lo pensará dos veces antes de volver a meterse contigo.

—Pero yo creía que no te caía bien.

—A mí no me caes bien, pero ¿ves a ésa que está ahí? —dijo, y señaló hacia un grupo de chicas en la tribuna. Una de ellas le hizo señas—. Es mi hermana menor, y no le gustaría verte lesionado. Le gustas, dice que le recuerdas a Antonio Banderas, quien quiera que sea ése.

—¿Eso significa que tú y yo nos entenderemos? —preguntó Santiago, riendo.

—Lo que significa, Santiago, es que si te ocurre tocarla, te mataré.

Santiago y Jamie Drew empezaban a formar una pareja dinámica en el medio campo. En el partido contra el equipo reserva del Middlesbrough, Dornhelm y Mal Braithwaite observaron y tomaron nota del juego de los dos jóvenes. Tras ejecutar una pared impecable, Santiago corrió, burló al defensa con un perfecto autopase y marcó el segundo gol del partido.

Su grupo de admiradores, que seguía creciendo, comenzó un cántico y, en las gradas, Glen sonrió de oreja a oreja.

—Buen chico —murmuró—. Sabía que había acertado. Lo sabía.

Dornhelm también parecía convencido. Casi sonrió cuando vio a Santiago corriendo hasta el centro del campo para que se reanudara el partido.

—Bien, muy bien —musitó.

Al día siguiente, la predicción de Glen demostró ser absolutamente acertada cuando acabó el período de pruebas y Santiago firmó un contrato hasta el final de temporada.

Santiago hizo girar la llave en la cerradura y entreabrió apenas unos centímetros la puerta.

—Ahora, espera un momento —dijo a Roz.

—¿Qué?

—Quiero que sea una sorpresa.

—Estás loco.

Santiago se situó detrás de Roz y le tapó los ojos con las manos. Abrió la puerta empujándola con el pie y la hizo entrar lentamente hasta que estuvieron en el centro de la sala.

—Vale —dijo, y quitó las manos—, ya puedes mirar.

Era un piso amplio y espectacular, con una espléndida vista de los puentes sobre el Tyne.

—¿Te lo puedes creer? —dijo Santiago. Se paró al lado de Roz y se quedaron mirando hacia el río—. Hace unas semanas le había dicho adiós a esta ciudad y a ti. Ahora tengo un contrato de verdad y me mudaré a un piso nuevo.

—Pero, ... ¿cómo puedes pagártelo?

Cuando Santiago iba a responderle, se abrió una de las puertas que daba a la sala de estar y apareció Gavin Harris, vestido con sólo una toalla alrededor de la cintura.

—Gavin, saluda a mi amiga, Roz —dijo Santiago.

Gavin fingió sorprenderse al ver a una mujer en el piso.

—¡Yo no he dicho que pudieras traer mujeres al piso! —le recriminó, y luego sonrió con una mueca—. Es broma. Encantado de conocerte, cariño. Eres bienvenida, cuando quieras.

Volvió a su habitación, pero se detuvo en la puerta y se giró.

—Ah, y a ver si puedes hacer algo por su ropa, cariño, ¿vale? Puede que la pinta de chuloplaya funcione en Los Ángeles, pero no puedo dejar que rebaje el nivel del piso mientras viva aquí. —Con una risotada, desapareció.

—Ahora entiendo cómo te lo puedes pagar —dijo Roz.

—Es un buen tipo. Si no fuera por Gavin, estaría de vuelta en Los Ángeles.

—Ése se ha ganado toda una reputación desde que llegó al Newcastle.

Santiago no quería oír hablar mal de su amigo.

—Es un buen tío, Roz. Somos profesionales. El fútbol es nuestra vida.

Roz volvió a la ventana y se quedó mirando hacia el puente del Tyne. Empezaba a oscurecer y las luces ya iluminaban los muelles. Roz pensaba en la primera copa que habían tomado en el pub Spyglass. Y en sus palabras de advertencia.

No hubo problemas para entrar en la discoteca Tabú la segunda vez que Santiago se presentó en la entrada. Iba con Gavin Harris.

El primer vigilante quitó la cuerda de terciopelo del poste metálico y les dejó el camino libre.

—Me alegro de verte, Gavin. Buenas noches, señores, ¿cómo están ustedes?

—Estamos bien, tío —dijo Bluto, que venía detrás con Des.

Ese trato de VIP era del todo desconocido para Santiago.

—Muy bien, gracias —dijo.

En el interior hacía calor y el ambiente era pesado. Los parlantes vibraban con la música a todo volumen, y la pista de baile estaba repleta de cuerpos que giraban y sudaban. Gavin se dirigió con su séquito hacia el salón VIP.

Un segundo vigilante les abrió otro cordón de seguridad. Gavin entró y se fue hasta un banco de terciopelo azul, donde Barry Rankin estaba sentado con dos chicas muy jóvenes y muy rubias. Había una botella de champán en un cubo de hielo.

Barry, como de costumbre, hablaba por el móvil.

—No, Colin, sería una mala movida, una movida muy pero que muy mala. —Les hizo una seña a Gavin y a los demás y se sentó para seguir con su conversación—. Escucha, Col, no pensaba decírtelo, pero el Valencia te ha andado buscando... Sí, es verdad. Sol, sangría y señoritas. Así que, paciencia, ¿eh, Colin? Ya sabes que estoy pendiente veinticuatro horas al día. Oye, tengo que colgar, ya nos veremos.

Cerró el móvil con un movimiento de la muñeca.

—¡Gavin, tío!

—Te presento a mi amigo, Santiago —dijo Gavin, por encima de los bajos que le retumbaban en los oídos.

Barry hizo una seña a una de las rubias y ésta sirvió el champán y llamó a una camarera para que trajera otra botella.

—¿Cómo te va, Santi? He oído que las cosas te van bien.

—Sí, muy bien. Gracias.

—Metió un par de goles en el equipo reserva hace unos días —dijo Gavin, orgulloso como un hermano mayor.

Llegaron otras chicas vestidas con minifalda y comenzaron a hacer un corro, estimuladas por los parásitos Bluto y Des.

Cuando la camarera trajo más champán y copas, Barry se inclinó hacia Santiago.

—Tienes un contrato que acaba al final de temporada, ¿correcto? ¿Quién te ha representado?

—Glen. Él se ocupa de todos mis asuntos.

Barry no ocultó su sorpresa, teñida con un ligero gesto de desprecio.

—¿Glen Foy? ¿En serio? Quiero decir, es un buen tío y, según he sabido, un gran jugador en su época. ¿Pero qué sabe Foy de lo que es un endoso? ¿O de las condiciones del mercado?

—¿Perdón?

—Escucha, hijo, si llegas al primer equipo, te puedo conseguir una publicidad GAP.

Santiago sacudió la cabeza.

—Hace calor. Creo que voy a salir un momento a tomar aire.

Todo aquello era nuevo para él, pensó, cuando estuvo afuera. Todo era diferente. Muy diferente. Mientras miraba el río oscuro y las luces allá abajo, tuvo nostalgia de casa. Sacó su teléfono móvil y marcó un número. Contestaron al cuarto pitido.

—Aló.

—Julio —dijo Santiago—. Soy yo.

—¡Hola, hermano! ¿Qué tal?

Santiago sonrió. Le agradaba escuchar la voz de su hermano. Charlaron unos minutos y Santiago preguntó.

—¿Está Papá en casa?

Herman estaba en casa, mirando la televisión, intentando disimular lo mejor que podía su interés en la conversación telefónica.

Julio tapó el auricular con una mano y le habló a su padre.

—Es Santiago. Quiere hablar contigo.

Herman levantó la vista de la televisión y, por un momento, Julio creyó que se levantaría y hablaría por teléfono. Pero sólo sacudió la cabeza y volvió a la televisión.

—Dile que estoy en la ducha.

—Papá...

—¡Díselo!

No tenía sentido discutir con él. Julio volvió al teléfono.

—Ahora no puede hablar, Santi.

Veinte

Se acercaba el final de temporada, un final emocionante de infarto. Desde las alturas vertiginosas de la Premier hasta el sótano de tercera, las cosas comenzaban a aclararse.

En las ligas menores, se adjudicaban las primeras plazas de ascenso, mientras que algunos equipos destinados al descenso ya conocían su suerte. Había otros clubes que luchaban por un lugar en la liguilla.

En primera división, el Newcastle seguía rindiendo buenos resultados a costa de mucho esfuerzo, y la recompensa de una plaza en la Champions estaba tentadoramente cerca. Sin embargo, las lesiones y las expulsiones habían hecho estragos. Con sólo dos partidos pendientes, la plaza no era nada segura y había varios equipos en liza.

Santiago se había acostumbrado a la vida de un futbolista profesional y todo lo que la caracterizaba. En el campo, se había convertido en un habitual del equipo reserva y había tenido algunas actuaciones muy vistosas. Fuera del terreno de juego, la vida nunca era aburrida. Ahora que compartía piso con Gavin Harris, no podía ser aburrida.

Por lo visto, Gavin veía en Santiago a un amigo especial. Quizá se daba cuenta de que la amistad del latinoamericano era genuina, una amistad sin condiciones. Le gustaba tenerlo cerca, y aunque Santiago no siempre estaba contento con el estilo de vida de su amigo, no lo manifestaba. Santiago estaba agradecido con Gavin, siempre lo estaría, de modo que le seguía la corriente y se iba familiarizando con el estilo de vida de su amigo. A veces se daba cuenta de que había adoptado las maneras de la jet set que frecuentaba.

La mayoría de los jugadores del primer equipo teníán, al parecer, dos teléfonos móviles en todo momento. Estos artilugios parecían tan esenciales para los jugadores modernos como sus botas. Siempre los usaban, hablaban con representantes, sellaban acuerdos sobre avales y tenían discusiones sobre artículos de prensa escritos por periodistas fantasmas.

Santiago incluso se imaginaba a los jugadores en el terreno de juego con los móviles pegados a la oreja, a los extremos lanzados por los flancos mientras discutían las condiciones de un contrato con un nuevo patrocinador, a los defensas volando para cabecear mientras preparaban la pose para una foto, a los porteros parando los balones con una mano y aferrados al preciado móvil con la otra.

Hasta ahora, Santiago sólo tenía un móvil, pero ya se había convertido en una costumbre llevarlo a todas partes.

Se había cambiado para entrenar y se detuvo un momento ante el tablón de anuncios en el pasillo para ver la alineación del próximo partido del equipo reserva. Su nombre no figuraba. Ni siquiera estaba en el equipo. ¡Su nombre había desaparecido!

No lo podía creer. Había estado jugando a un buen nivel y había dado todo lo que tenía en los entrenamientos. Abrió su móvil con la intención de llamar a Glen, y se dio cuenta de que había estado apagado desde la noche anterior. Lo encendió y su buzón de voz le informó que tenía mensajes.

Escuchó el primero.

—Soy Glen. Hace días que no tengo noticias tuyas. Espero que todo vaya bien. Llámame si tienes un momento.

Santiago se sintió culpable. Hacía días, en efecto, que no lo llamaba. ¿Eran sólo unos días? Quizá más.

El segundo mensaje era de Roz.

—Hola, acabo de salir de la escuela nocturna. Son las once y diez, seguro que estás durmiendo. Llámame mañana.

A las once y diez de la noche anterior, Santiago no dormía, ni nada que se le pareciera. Había salido con Gavin, y había tenido el móvil apagado toda la noche.

Se dijo que llamaría a Roz en cuanto acabara el entrenamiento. Volvió a los vestuarios para dejar el teléfono en su taquilla y vio a Bobby Redfern que se acercaba por el pasillo.

—¿En qué he fallado? —preguntó.

—¿Qué?

—No estoy en el equipo. Ni siquiera estoy en el banquillo. No lo entiendo. Juego donde me mandas, cómo me mandas, meto goles, doy todo lo que tengo, y me dejas fuera.

Bobby Redfern lo miró sonriendo.

—No te he dejado fuera, chaval. No estás disponible.

—¿Qué? Claro que estoy disponible.

—No, chico, no lo estás. El sábado vas a Fulham, con el equipo titular.

Santiago quedó boquiabierto y sintió un nudo en la garganta. Se apoyó contra la pared y respiró hondo.

—¿Te encuentras bien? —preguntó Bobby.

—Sí. Sí, estoy bien —dijo Santiago—. Pero tengo que llamar a mi abuela.

—Pero si en California es medianoche.

—A mi abuela no le importará.

Veintiuno

El vuelo charter no duró mucho. Santiago se había acomodado en su asiento y, poco después de ponerse el cinturón de seguridad, se lo estaba quitando y ya se preparaba para bajar. Parecía que el avión había alcanzado la altura de crucero y había comenzado a bajar de inmediato, como el saque de un guardameta que va directamente de una portería a la otra.

Los directivos, gerentes, entrenadores y jugadores se desplazaron rápidamente del avión a un autocar de lujo para la segunda parte del viaje a Fulham, la parte más larga.

Aquello era simple rutina para todos, pero para Santiago era otro ejemplo del giro que había dado su vida, un giro tan drástico como rápido.

Las huestes de seguidores del Toon del Newcastle viajaban con menos comodidades pero con las mismas esperanzas. Ya de madrugada, habían partido en autocares repletos pintados de blanco y negro. Era otro partido decisivo en el camino a la plaza de la Champions, y los encuentros estaban llegando rápidamente a su fin.

Los que no tenían entradas o no podían ausentarse se habían quedado en Newcastle, esperando, ansiosos, el inicio del partido.

Roz estaba trabajando. No había conseguido cambiar su turno. Todos querían ver el partido. Aun así, Roz alcanzaría a verlo, o al menos una parte. Se había convertido en la enfermera preferida de un paciente que tenía habitación privada, un tal Ives. El hombre ya estaba cómodamente instalado en su silla, vestido con su bata y zapatillas y con la mirada clavada en la pantalla.

Roz asomó la cabeza por la puerta.

—¿Ya lo han nombrado?

El anciano sonrió.

—Todavía no, cariño. Están calentando. Te mantendré informada.

Glen también se preparaba para mirar el partido por la tele, instalado en el sofá de su sala de estar con un bocadillo y una lata de cerveza. Al dar un mordisco, oyó la primera mención de su protegido durante el diálogo del comentarista con el experto invitado, que hablaban sobre la alineación del Newcastle.

—El equipo hoy tiene aspecto de improvisado, a causa de las múltiples lesiones —dijo el invitado—. Uno de los miembros del equipo reserva, Santiago Muñez, es un completo desconocido.

Se notaba que el comentarista había hecho sus indagaciones.

—Al parecer, este jugador fue descubierto por Glen Foy, que lo vio jugar en un parque de Los Ángeles. Foy fue uno de los integrantes del equipo del Newcastle la última vez que conquistaron un título importante.

—¡Glen Foy! —exclamó el invitado—. Ése sí que es un nombre del pasado.

En su sala de estar, Glen bebió un sorbo de su cerveza.

—Salud, tío —dijo.

En el túnel bajo las gradas, los dos equipos con los suplentes abandonaron los vestuarios para salir al campo. Los jugadores que ya se conocían por haber jugado en el mismo equipo o por haber integrado la selección nacional, intercambiaban breves saludos. Con unas cuantas bromas y provocaciones inofensivas, todos disimulaban la tensión que sentían.

Santiago fue uno de los últimos en salir, maravillado por la cercanía de las estrellas de primera división. Steed Malbranque, del Fulham, estaba frente a él y percibió los nervios del joven. Le sonrió, como alentándolo, y Santiago le devolvió la sonrisa. Un instante después, ya estaban en el terreno de juego.

Cuando Erik Dornhelm y Chris Coleman aparecieron a la cabeza de sus equipos, el estadio estalló en un griterío ensordecedor.

El partido sería transmitido por satélite a numerosos países en todo el mundo.

En Santa Mónica, Estados Unidos, eran tempranas horas de la mañana. Las palmeras se mecían bajo un fuerte viento cuando Herman estacionó el camión de segunda mano que había comprado frente a una taberna de estilo inglés llamada King's Head.

Herman bajó del vehículo y oyó los gritos cuando miró hacia la taberna. Se dirigió al interior y abrió la puerta. Estaba lleno de ingleses residentes, la mayoría vestidos con las camisetas del Newcastle o del Fulham. Muchos estaban desayunando y acompañaban las frituras con té o cerveza, aunque sólo eran las siete de la mañana.

Herman le pasó diez dólares al tipo que estaba en la puerta y consiguió un taburete en la barra. Nunca había estado en un lugar como ése. Tampoco había escuchado jamás un acento que le costara tanto entender.

Había tres grandes pantallas estratégicamente situadas en torno a la barra transmitiendo el partido en directo desde Londres.

El nivel de ruido en el bar cesó por un momento y luego volvió a desatarse cuando el árbitro señaló el comienzo del partido.

Santiago estaba sentado en el fondo del banquillo del equipo visitante con los demás suplentes, enfundados en sus chándales. Seguía con atención el partido, pero había momentos en que no podía evitar mirar hacia las gradas del estadio, escuchar el clamor y sentir la tensión en el ambiente. Era una manera de convencerse de que él estaba ahí, de verdad, y que era parte de la fiesta.

El Newcastle no empezó bien. El Fulham se las jugó por un resultado temprano, obligando a los defensas blanquinegros a moverse mucho más que los delanteros.

En el hospital, Roz volvió a la habitación del señor Ives.

—¿Me he perdido algo?

—No mucho.

Roz se sentó en el borde de la cama.

—¿Señor Ives? —dijo, con la mirada fija en la pantalla.

—Nos sentiremos mucho más tranquilos si salimos de aquí con tres puntos, eso, seguro.

Glen miraba el partido con sentimientos encontrados. Quería que al equipo le fuera bien, mucho mejor que hasta ahora, pero también quería que Santiago tuviera oportunidades. Se levantó a buscar otra cerveza.

La cerveza corría a raudales en la King's Head, en Santa Mónica. Los rivales intercambiaban pullas mientras Herman observaba, deslumbrado, preguntándose si vería a su hijo. Cuando el árbitro pitó el final del primer tiempo, los hinchas del Newcastle ya sabían que era una suerte que su equipo todavía estuviera en el partido.

En la sala de estar, Glen escuchó los comentarios del descanso, mientras el comentarista le pedía la opinión al invitado, un ex jugador de la Premier.

—El Newcastle ha estado contra las cuerdas la mayor parte del primer tiempo, Paul. ¿Qué instrucciones crees que está dando Erik Dornhelm a sus hombres?

—Guárdense bien las espaldas, y a ver si pueden sacarse algo de la manga en un contraataque.

Eran los clichés típicos del fútbol, nada estrictamente científico, aunque igual daba en el clavo. Tal como se le presentaba el partido al Newcastle, lo mejor que podían esperar era un gol nacido de una escapada.

Glen se levantó de su asiento.

Otra cerveza. La última.

El Fulham no supo aprovechar su ventaja en la primera parte del segundo tiempo. Estuvieron dos veces dramáticamente cerca, pero Shay Given se portó como un verdadero héroe bajo los palos.

Dornhelm supo que tenía que introducir cambios y ordenó a dos de los reservas que se dispusieran a tomar el relevo.

El balón salió por la banda y la cámara brindó un primer plano del banquillo del Newcastle.

Herman acababa de ver a su hijo por primera vez.

Pero no iba a entrar a jugar. Seguía en la parte trasera del banquillo cuando los dos reservas sustituyeron a sus compañeros, que abandonaron el campo con esa mirada incrédula de "¿Por qué a mí?".

Herman estaba decepcionado, como lo estaban Glen y Roz, e incluso el señor Ives.

—Pensé que quizá veríamos a tu amigo. Necesitan que alguien les dé una sacudida.

El doble cambio mejoró algo las cosas. El Newcastle empezó a tener más posesión de la pelota y su primera y clara oportunidad se produjo cuando un delantero cabeceó y el balón rebotó contra el larguero y siguió en juego.

El Newcastle seguía controlando el balón, y cuando vino un pase largo cruzado, un corro de jugadores saltó para cabecear. Se produjo un choque accidental pero de nefastas consecuencias, y un delantero del Newcastle salió malherido del montón.

Tenía una herida que sangraba en la cabeza. Tanto Dornhelm como Braithwaite sabían que no había manera de que ese jugador siguiera en el campo.

—¡Muñez! —rugió Dornhelm.

Santiago no reaccionó. Tenía la mirada fija en el jugador lesionado que abandonaba el campo.

—¡Muñez! ¡A calentar!

Santiago quedó boquiabierto. ¡Acababan de llamarlo!

Veintidós

Herman dio un salto cuando vio que Santiago se santiguaba y salía corriendo al terreno de juego.

—¡Ése de ahí es mi hijo!

Todas las caras de la barra se giraron hacia el padre que reventaba de orgullo.

—¿Hablas en serio? —preguntó un *geordie* que sostenía una pinta de Newcastle Brown medio vacía.

—Sí, es mi hijo, Santiago Muñez. ¡Yo soy su padre, Herman Muñez!

—Y bien, Herman, si mete un gol te pago una pinta.

Cuando Glen acabó la tercera cerveza, se sentía tan orgulloso como Herman, a miles de kilómetros.

—Es un día muy importante para este joven jugador —dijo el comentarista de la tele—. Es su primer partido en la Premier y su equipo necesita desesperadamente los puntos. Podemos hablar de un auténtico bautismo de fuego.

En el hospital, Roz ni se atrevía a mirar. Apretaba las mantas con tanta fuerza que éstas estaban a punto de caer de la cama.

—Oye, después tendré que acostarme —dijo el señor Ives, viendo la manta arrugada.

—Lo siento —dijo Roz—. Venga, Santi, enséñales lo que sabes hacer.

Pero enseñarles lo que sabía hacer no iba a ser fácil. Santiago estaba muy marcado por sus contrarios, y tuvo que jugar en diagonal o devolver a sus defensas todos los balones que recibió.

Pasaban los minutos y, en el banquillo, Erik Dornhelm miró su reloj. Un solo punto no bastaría.

De pronto, en medio del campo, Santiago le robó la pelota a un centrocampista del Fulham. El jugador intentó agarrarlo por la camiseta, pero no lo consiguió. Santiago había salido disparado. Esquivó a un defensa y se internó, acercándose al área. Sus compañeros lo llamaban, señalando el lugar donde querían el balón.

El estadio entero se puso de pie casi al unísono.

En Santa Mónica, Herman se puso de pie.

En su sala de estar, Glen se levantó.

En el hospital, Roz se puso de pie y el señor Ives la imitó, contraviniendo las órdenes del médico.

Santiago hizo amago de centrar, pero siguió, con la pelota prácticamente pegada a las botas. Penetró en el área, sintiendo la llamada del gol. Echó atrás el pie derecho y... una entrada demoledora lo hizo rodar por el suelo.

Se produjo un momento de aturdimiento colectivo, y el estadio quedó en silencio. Cuando los jugadores del Newcastle se giraron para protestar y los jugadores del Fulham se quedaron mirando con cara de espanto, sonó el silbato del árbitro, claro y penetrante, señalando el punto de penalti.

—¡Sí! —aulló Glen.

—¡Penalti! —gritó Roz.

—No está mal, ese amiguito tuyo —dijo el señor Ives.

En Santa Mónica, Herman sólo atinaba a mirar a los seguidores del Newcastle, que lanzaban vítores, y a los del Fulham, que miraban, consternados y mascullaban.

—¡Eso no ha sido un penalti! ¡Nunca! ¡Jamás!

Sin embargo, era penalti. En el campo, tres jugadores cayeron sobre Santiago, le dieron de golpes en la espalda y le enmarañaron el pelo. Gavin Harris había cogido el balón y lo había dejado sobre el punto de penalti.

—Oh, no —dijo el señor Ives, mirando a Roz—. No miraré si el que va a chutar es el "playboy".

Exceptuando a Alan Shearer, que jugaba con una ligera lesión en el muslo, Gavin no iba a dejar que nadie se acercara al balón.

Los dos grupos de jugadores más adelantados se agitaban en los lindes del área. El estadio entero había callado.

Gavin miró el balón, luego miró al portero, y vuelta al balón. Dio tres pasos cortos, el portero saltó al lado contrario y el balón encajó perfectamente en un rincón de la red.

Todos los errores de Gavin cayeron en el olvido, aunque sólo fuera por un momento, mientras los compañeros se lanzaban encima de él y los hinchas del Newcastle coreaban su nombre.

En la King's Head, en Santa Mónica, más de la mitad de los clientes estaban fuera de sí, mientras los otros miraban en el fondo de sus jarras y mascullaban algo sobre la injusticia.

El *geordie* que se había acercado a Herman antes se levantó de su silla y se acercó a la barra. Le puso un brazo en los hombros a Herman, que estaba en el séptimo cielo.

—Ya te puedes beber esa pinta —anunció.

—Para mí es un poco temprano.

El *geordie* le dio un apretón a su nuevo compadre hasta dejarlo casi sin aliento.

—En Newcastle no es nada temprano —dijo.

El gol encajado hacia el final le había quitado agudeza al juego del Fulham. Presionaban, pero como si supieran que por mucho esfuerzo que desplegaran, aquél no iba a ser su día.

Y no lo era. Sonó el pitido final y los seguidores *geordies* estallaron en una ruidosa algarabía.

Santiago apretó los puños con fuerza, exultante. Pero ahora tenía que seguir a los otros veintiuno, que ya se iban a paso ligero, estrechando manos, intercambiando unas pocas palabras con compañeros y rivales.

Dornhelm salió al campo. Se dirigió a Santiago, que se acercaba, le puso una mano en el hombro y los dos siguieron caminando juntos hacia el túnel. Santiago estaba muy orgulloso; no cabía en sí de orgullo. Por fin tendría una palabra de estímulo de su director técnico.

Dornhelm acercó la cabeza y habló con voz queda.

—¿Qué fue lo que viste cuando preparabas ese disparo?

—Me fijé en el gol —dijo Santiago, confundido.

—Tendrías que haberte fijado en los dos jugadores que estaban mejor situados que tú. Pero tú no pasas la pelota. Tú siempre vas por la gloria.

Dornhelm se alejó y dejó a Santiago cariacontecido. ¿Qué diablos tenía que hacer para complacer a ese tipo?

El vestíbulo estaba repleto de jugadores de ambos equipos, ahora dedicados a disfrutar de una copa después del partido con amigas, invitados famosos y el lote habitual de parásitos.

Sin embargo, a Santiago se le habían quitado las ganas de celebrar. Todavía le escocía la reprimenda de Dornhelm, aunque Gavin hacía lo posible por consolarlo.

—Déjalo correr, hombre. El viejo hace lo mismo con todos. Tú has estado espectacular, todos lo vieron. Iré a buscar una copa.

Se alejó hacia la barra y dejó a Santiago a solas con sus pensamientos, que eran contradictorios. El día había sido mágico, increíble, hasta que su director técnico lo había echado a perder con esas pocas palabras hirientes.

Cuando se había decidido a dejarlo correr, tal como le había dicho Gavin, sintió que alguien le tocaba el hombro.

Se giró y se encontró cara a cara con David Beckham.

El jugador más famoso del mundo tenía el mismo aspecto distendido y elegante de siempre. Lo miraba sonriendo.

—Santiago —dijo.

Santiago quedó boquiabierto. Quiso hablar, pero no le salían las palabras, de modo que sólo atinó a decir "Hey". Beckham debía de estar acostumbrado al efecto que causaba su mera presencia, y siguió para sacarlo del apuro.

—Te felicito. Es asombroso cómo has jugado hoy.

Santiago carraspeó.

—Gracias —dijo, y luego agregó—. Toda mi familia es hincha del Real Madrid. Mi abuela te adora.

—Y tú, ojalá que sigas jugando así. Ya llegarás un día —dijo Beckham.

Santiago sonrió.

Beckham le tendió la mano e intercambiaron un apretón.

—Ya nos veremos —dijo Beckham cuando se giraba para irse.

—Es un placer haberte conocido —dijo Santiago, todavía bajo el efecto de su desconcierto.

Beckham se dirigió hacia un par de tipos vestidos impecablemente. Santiago miró, asombrado, cuando cayó en la cuenta de que se trataba de los compañeros de Beckham en el Real Madrid, Zidane y Raúl.

Gavin volvió con las copas.

—¿Has visto quién ha venido? —dijo Santiago, que seguía mirando—. ¿Y has visto con quién está?

—Sí, han venido a hacer un anuncio. *Mucho dinero*, Santi —dijo, y le pasó una copa a Santiago—. Venga, tómate un trago y nos vamos de aquí.

—¿Dónde vamos?

—Chico, ésta es mi ciudad natal —dijo Gavin, sonriendo.

Veintitrés

La fiesta privada se celebraba en la suite presidencial de un hotel en el centro de Londres. Unas enormes puertas de vidrio daban a un balcón con una vista panorámica de la ciudad.

A Santiago todo le parecía un poco abrumador, un final irreal para un día irreal. Estaba cansado. Lo único que quería hacer era volver a Newcastle y ver a Roz. Pero Gavin era su amigo, y su amigo quería fiesta. De modo que eso hacían, pasárselo en grande.

Había un bufé espléndidamente surtido, todavía casi intacto, desplegado a lo largo de varias mesas. El champán fluía en cantidades industriales, la música estaba a todo volumen y la mayoría de las féminas presentes parecían salidas de una pasarela.

Cristina también estaba, pero sólo había intercambiado un par de palabras con su novio. Como de costumbre, Gavin era el más solicitado. Gavin era el mejor amigo de todo el mundo. Gavin era el número uno.

Un grupo de tres chicas que parecían modelos y dos tíos vestidos con trajes caros pululaban a su alrededor, bebiendo cada una de sus palabras, mientras él contaba que la presión de lanzar el penalti "no se le había subido a la cabeza". Santiago no sabía qué hacer y se sentía incómodo. De pronto, el pegote número uno, Bluto, llamó desde el otro extremo de la sala.

—¡Gavin, ven aquí! ¡Tú también, Santi!

Gavin siempre procuraba consentir a sus colegas, y con Santiago siguiéndole los pasos, siguió a Bluto a una habitación contigua. Una gigantesca cama en forma de ostra, con un cubrecama rosado de satén, dominaba el decorado chillón del tocador.

—Ponganse ahí —dijo Bluto.

—¿Para qué?

—Quiero tomar una foto, un recuerdo de la jornada —dijo Bluto, y sacó una cámara digital.

Gavin se sentó en la cama, obediente, y Santiago se sentó a su lado. Salidas de la nada, aparecieron tres chicas vestidas sólo con ropa interior —lencería cara— y se acomodaron sobre los dos jugadores.

Una se sentó en las rodillas de Santiago, la segunda en las de Gavin y la tercera saltó sobre la cama y derramó el champán de una botella sobre las cabezas de los dos.

Saltó el flash, y mientras Santiago intentaba quitarse de encima a la chica sobre sus rodillas y rechazar sus atenciones no deseadas, vio que Cristina se asomaba a la puerta. La vio sacudir la cabeza, lanzar un suspiro e irse.

Diez minutos más tarde, Santiago salía del lavabo, después de secarse lo mejor posible con una toalla.

El volumen de la música había subido y Gavin, totalmente ajeno al champán que le goteaba por todas partes, se había puesto a bailar con Bluto. Aquello no parecía una perspectiva agradable, sobre todo cuando, alentado por su amigo Des y otros juerguistas, Bluto comenzó un *striptease*.

Se desabrochó la camisa con movimientos lentos, y a cada botón los asistentes respondían con una ruidosa ovación. Cuando llegó el momento de sacar la camisa del pantalón, quedó a la vista un vientre fláccido. Santiago había visto más que suficiente. Fue hacia las puertas de vidrio y salió al balcón.

Cristina estaba ahí, mirando las luces del West End.

—Por lo visto, no es tu tipo de fiesta.

Cristina sonrió.

—No es necesario hablarles demasiado a las chicas que hay aquí.

—Yo tengo una novia. Al menos, creo que la tengo. He conocido a alguien que me gusta mucho.

—Es una chica con suerte.

Los alaridos del interior se volvieron más ruidosos. Era evidente que la actuación de Bluto se estaba calentando.

—¿Y tú y Gavin? —preguntó Santiago—. ¿Cómo lo conociste?

—En una fiesta, muy parecida a ésta. El mismo tipo de gente. Músicos, modelos, futbolistas. Ahora que ha triunfado, se ha vuelto un poco loco. Ahora es una superestrella.

Aquellas palabras le llegaron a Santiago a lo más profundo, y recordó lo que Roz le había dicho. Pero quería defender a su amigo.

—Oye, Gavin es un buen tipo. Si no fuera por él, yo no estaría aquí.

—Lo sé —dijo Cristina. —En el fondo, es un tío estupendo. Sólo que me habría gustado conocerlo cuando hubiera madurado.

Desde el interior de la suite, se oyó una ronda de aplausos, seguida de gritos roncos, dando a entender que Bluto había llegado a su inevitable y grotesco final.

Cristina se inclinó y besó a Santiago en la mejilla.

—Me voy. No le digas que me he ido, aunque ni siquiera creo que se dé cuenta.

Veinticuatro

Los titulares a toda página eran: ¡UNA NOCHE DE JUERGA!

Acaparaban toda la primera página del *Sun*, por encima de una foto: Santiago, empapado en champán, con una chica sobre las rodillas, sentado junto a otro sujeto cuyo rostro era velado por la chica que tenía encima.

El reportaje, breve pero gráfico, nombraba a Santiago, el nuevo niño maravilla del Newcastle United, pero omitía socarronamente el nombre del otro jugador, y se refería a él sólo como un famoso jugador del equipo titular.

A Santiago lo habían citado en el despacho de Erik Dornhelm en las oficinas del campo. El tabloide estaba sobre la mesa del director.

—¿Me quieres explicar esto? —dijo Dornhelm.

—No hay nada que explicar. Sólo era una gente que se divertía en una fiesta y...

—¡Cuando viajas con este club, eres un representante de ese club! —dijo Dornhelm, con una voz bronca que Santiago nunca le había escuchado.

—Señor Dornhelm, no es culpa mía si alguien me tomó una foto.

No costaba demasiado entender lo que había sucedido. Bluto, el llamado colega de Gavin, su pareja de baile el sábado por la noche, había vendido la foto. Sin duda se había dado cuenta de que los buenos tiempos con Gavin no podían durar para siempre y había decidido hacerse su agosto mientras podía.

—Es culpa tuya haberte expuesto a este tipo de situación —dijo Dornhelm. Cogió el *Sun* que estaba sobre la mesa—. ¿Quién es el otro jugador?

—¿Perdón?

Dornhelm agitó el tabloide ante la cara de Santiago.

—Aquí dice que hay dos jugadores del Newcastle. ¿Quién es el otro?

Santiago respiró hondo.

—Lo siento, señor Dornhelm, eso no se lo puedo decir.

—Más bien, no me lo quieres decir.

Santiago guardó silencio. Por un momento, Dornhelm vaciló, y luego tiró el periódico sobre la mesa.

—Sal de aquí —ordenó.

Enfrentarse con Dornhelm ya había sido bastante desagradable, pero a Santiago le preocupaba todavía más qué diría Roz.

Se dirigió a toda prisa al hospital, y la encontró paseando al señor Ives en una silla de ruedas. La mirada fría que Roz le lanzó cuando lo vio acercarse no prometía nada bueno.

—Roz, tengo que explicarte lo de esa foto.

—¿Qué foto?

—La que ha salido en el *Sun*.

—Yo no leo esa basura.

—Entonces, ¿no la has visto?

—¡Sí que la he visto! —dijo Roz, echando fuego por los ojos.

El señor Ives disfrutaba del encuentro, esperando su turno para intervenir.

—Yo se la he enseñado. Siempre leo el *Sun*.

—¡No era lo que parece! —dijo Santiago volviéndose a Roz—. Lo que dicen no es verdad.

—Santiago, no quiero hablar del tema. Tengo cosas más importantes de que ocuparme. Como de tu amigo Jamie.

—¿Jamie? ¿Qué pasa con Jamie?

La expresión de Roz cambió de la rabia a la consternación.

—Se lesionó el sábado. Una lesión grave. Mientras tú posabas para la foto de la alineación, él estaba aquí.

Jamie estaba en una sala de curas. Tenía unos electrodos enchufados a la rodilla derecha y, cuando Santiago entró, se le notaba la expresión de ansiedad en el rostro pálido. Pero se le iluminó en cuanto vio llegar a su amigo.

—Excelente partido el del sábado, colega.

—Eso no tiene importancia... ¿Qué ha pasado?

—Una entrada feroz. Me lo torcí al caer. Me han mandado aquí abajo para una IRM.

—¿Qué significa eso?

—Imagen de Resonancia Magnética —dijo Jamie, con cierta dificultad—. Aunque los jugadores saben que a veces significa Indicios de Rodamientos Machucados.

Jamie no rió con la broma, y Santiago tampoco.

—Te pondrás bien. Hoy en día son capaces de arreglar cualquier cosa.

Jamie se miró los electrodos que le habían fijado a la rodilla.

—Cuando caí, me dolió, colega. Me di cuenta de que era grave —dijo, y forzó una sonrisa—. Puede que tenga que renunciar a las clases de salsa por un tiempo.

Santiago se quedó con Jamie hasta que le pidieron que saliera. En seguida fue a buscar a Roz. Su turno estaba a punto de acabar.

—¿Qué dice el médico de Jamie? —preguntó.

—Tiene el menisco destrozado. Y un desgarro en el ligamento cruzado lateral.

—Dime una cosa, Roz —pidió Santiago, frunciendo el ceño—. ¿Volverá a jugar?

—Si quiere volver a caminar, no.

Cuando Santiago volvió al piso, encontró a Gavin absorto en un juego de la PlayStation conectada al televisor de plasma. Tenía las dos manos sobre los controles y los ojos fijos en la pantalla.

Santiago todavía guardaba en la cabeza las imágenes de lo que había visto y escuchado en el hospital. Fue a la cocina a servirse una copa.

Gavin le habló sin desviar la mirada de la tele.

—Gracias por cubrirme, colega.

—¿Qué?

—La foto. Gracias por no decirle al jefe que era yo.

—Entonces estamos en paz. Ya no te debo ningún favor.

—¡No! Nadie le debe favores a nadie.

De pronto, Santiago se enfadó. La lesión de Jamie que había acabado con su carrera. La mirada de Roz cuando él había dado sus titubeantes excusas por la foto. De pronto veía todo el triste estilo de vida de Gavin Harris bajo otra perspectiva. Santiago volvió a la sala de estar.

—Por lo visto, no lo entiendes, ¿no? Te estás jodiendo la vida. Has perdido a Cristina y te quedas sentado ahí jugando con ese trasto.

—Ya volverá.

—¡No, no volverá! No soporta lo que haces, ni los tipos con que te juntas. ¿Cómo crees que esa foto acabó en el periódico? ¡Bluto la vendió!

Si a Gavin le molestó la revelación de Santiago, no lo dio a entender. Siguió pulsando los controles de la PlayStation y su Ferrari en la pantalla tomó la delantera en el Gran Premio de Mónaco.

Santiago se plantó delante de la tele y arrancó los cables de la conexión. La pantalla de la tele se apagó. Gavin se lo quedó mirando un momento, pero no dijo palabra. Luego, lanzó los controles del juego al suelo, se incorporó y fue a la cocina.

Santiago lo siguió. Gavin abrió la nevera con gesto brusco y sacó una caja de leche. Santiago lo observó mientras intentaba abrirla.

—¿Crees que soy un palurdo que no se da cuenta de las cosas? ¡Soy de Los Ángeles, tío! ¡Sé muchas cosas! ¡He visto muchas cosas! ¡Cosas que tú sólo has visto en las películas!

—¿Por qué será tan difícil abrir estas cajas? —dijo Gavin, sin mirarlo.

—¡Mírame! Son los mejores años de nuestra vida, y ¿cuántos nos quedan, con suerte? ¿Diez años? Si nos lesionamos, menos de diez, como Jamie. ¡No los desperdicies, Gavin!

Gavin consiguió abrir la tapa de la caja, pero salpicó el aparador. En lugar de beber, se quedó mirando fijo al frente, como si estuviera pensando en lo que acababa de escuchar. Asintió con la cabeza y se giró para mirar a Santiago de frente.

—¿Sabes qué te digo? ¿Por qué no te esfumas?

Tomó un trago largo y cuando volvió a mirar a Santiago, un hilillo de leche le corría desde la boca hasta la barbilla.

—Venga. Piérdete.

Santiago dio media vuelta y salió. Se oyó un portazo y Gavin tomó otro trago de leche. Tragaba lentamente, pero no tenía cara de contento. Tenía un amargo sabor de boca.

Veinticinco

Julio había comenzado a ayudarle a su padre los fines de semana y algunos días después del colegio. Ya no le gustaba la jardinería, no más de lo que le había gustado a su hermano, pero sí le agradaba recibir esos pocos dólares que le pagaban.

Cuando trabajaban, no hablaban demasiado. Herman nunca había sido un gran conversador. Se limitaba a trabajar y esperaba que los que trabajaban con él hicieran lo mismo.

Julio le había ayudado a recoger las hojas con la sopladora. Era el trabajo que menos le gustaba. Uno limpiaba un trozo, recogía las hojas, se giraba y ya había todo otro trozo lleno de hojas caídas. Julio sabía que sería así, pero cada vez que sucedía, se cabreaba.

Casi había terminado la jornada y las hojas recién caídas en la entrada quedaban parcialmente ocultas por las largas sombras que proyectaban los árboles del jardín.

—Tú te puedes quedar —masculló, mirando una hoja que volaba del césped a la entrada. Apagó la sopladora, la llevó hasta el camión y la dejó con cuidado en el panel de herramientas. Cualquier desperfecto podría significar un descuento de su salario.

—¡Oye, Papá, vamos! ¡La abuela ya debe tener la cena preparada!

Herman había estado trabajando en el jardín detrás de una hilera de arbustos altos, y se disponía a acabar su jornada regando las plantas importadas y caras que los propietarios de la casa más preciaban. Quizá a Herman no le gustara su trabajo, pero trabajaba bien, y lo hacía a conciencia.

Cuando Julio se apartó del camión, se sorprendió al ver el hilo de agua que fluía entre el césped y la entrada. Herman no era de los que malgastaban el precioso líquido.

—¡Papá!

No hubo respuesta. Julio cruzó el césped hasta la hilera cerrada de arbustos. Fue hasta un extremo y siguió hacia un jardín de césped más pequeño, rodeado de lechos de flores.

La manguera estaba en el suelo, y el agua que fluía había formado un charco. Más allá de la manguera, con la cabeza y el torso aplastando las exóticas flores, estaba tendido Herman, completamente inmóvil.

Era un día tranquilo de entrenamiento. La temporada había sido larga y dura, los jugadores acusaban la tensión y los entrenadores sabían por experiencia cuándo tenían que relajar los ejercicios rutinarios. Sobre todo porque quedaban sólo días para el último partido de la temporada.

Unos cuantos jugadores del equipo titular y algunos reservas jugaban un partido en uno de los campos de entrenamiento. Incluso Howie Magowan se lo estaba tomando con calma, aunque aquello no fuera con su carácter.

Esta vez, Santiago no se había integrado, sobre todo porque Gavin estaba jugando y las cosas entre ellos seguían tensas.

Se había puesto a entrenar por su cuenta y a correr alrededor de la pista. No se sentía nada bien. No sólo apenas cruzaba palabra con Gavin sino que, además, todavía no había arreglado las cosas con Roz. Mientras corría en dirección al edificio principal, vio acercarse a una figura que le pareció familiar. Era Glen.

Santiago apresuró el paso. Al fin, alguien que sonreía.

Pero Glen no sonreía cuando se le acercó.

—Hola, Glen. Había pensado pasar a verte y explicarte lo que sucedió con eso del periódico.

Glen sacudió la cabeza, y Glen supo que la razón de su visita era otra.

—¿Qué pasa?

—Santi, me han llamado desde Los Ángeles. Tienes que hablar con tu abuela.

En el campo, el partido se detuvo cuando los jugadores vieron a Glen que le ponía una mano en el hombro a Santiago y lo acompañaba al edificio principal.

—¿Ha pasado algo? —preguntó Hughie a Gavin.

Éste se encogió de hombros.

—No lo sé.

El juego se reanudó pero al cabo de unos minutos Gavin dejó de correr con el balón pegado a los pies.

—Voy a ver qué ha pasado.

Gavin no se había sentido especialmente orgulloso de sí mismo desde su exabrupto en la cocina. Pero las disculpas no abundaban en un ego como el suyo. Se alejó del campo y Hughie lo siguió.

—Pensé que no te caía bien —dijo Gavin.

—Me he acostumbrado a él.

Glen estaba en el pasillo, junto a la puerta de los despachos. A través de la ventana, vio a Santiago hablando por teléfono. Y luego vio las lágrimas en sus ojos. Santiago desvió la mirada cuando oyó el ruido de las botas de fútbol en el suelo de baldosas y vio que llegaban Hughie y Gavin.

—¿Qué ha pasado? —preguntó Hughie.

—Su padre. Al parecer, ha sido un infarto.

—¿Se pondrá bien? —preguntó Gavin.

—Ha muerto —dijo Glen.

Quizá fueran las noticias de Estados Unidos, quizá fuera su conciencia, o quizá creía que, de alguna manera, se sentiría mejor si se lo quitaba de encima, pero algo impulsó a Gavin a acercarse a Erik Dornhelm cuando éste bajaba de su BMW.

—¿Puedo hablar un momento con usted, jefe?

Dornhelm cerró la puerta del coche y esperó a que Gavin hablara.

—Yo era el otro tipo que salía en la foto.

Sabía que no le decía a Dornhelm nada que no supiera o que, al menos, no sospechara con fundadas razones. La seriedad con que Dornhelm le respondió se lo confirmó.

—Estoy escandalizado.

—Y fui yo el que arrastró a Santiago a la fiesta. Él no quería ir; no es su tipo de escenario. Ese chaval tiene la cabeza bien amueblada.

—¿Por qué me cuentas eso ahora?

Gavin todavía no estaba demasiado seguro.

—Este... sólo quería dejar las cosas claras.

Dornhelm miró hacia el terreno de juego, a la distancia, donde jugaba un grupo de juveniles con los principiantes.

—Son cosas que pasan. Chicas, peleas, fiestas. Yo siempre me digo que son sólo muchachos. Muchachos con suculentas cuentas bancarias, que siguen siendo niños. Pero esto ya no es una excusa para ti. ¿Qué edad tienes?

Como las entradas de Hughie Magowan, la respuesta tardó en llegar.

—Veintiocho.

—Creo que son veintinueve.

—Pues, sí, eso debe ser.

En el terreno de juego, alguien había marcado, y Dornhelm vio la misma celebración que ven los chicos en la televisión cada vez que se sientan a ver un partido.

—Esos jugadores jóvenes deberían verte como un ejemplo, tanto en el campo como fuera del campo.

—Le entiendo, jefe. Y no es el primero que me lo dice.

Dornhelm asintió con la cabeza, satisfecho de que Gavin hubiera tenido las agallas de pronunciar su confesión, y de que hasta quizá estuviera dispuesto a cambiar. Se disponía a irse cuando Gavin dio el golpe de gracia.

—Por cierto, toda esa historia de la foto fue un montaje. Los tipos como yo siempre acaban siendo víctimas. Es una cosa diabólica, y si yo...

Dornhelm lanzó un suspiro, sacudió la cabeza y se alejó.

—¿Qué pasa? —atinó a preguntar Gavin.

Veintiséis

No quedaba tiempo para un largo adiós y, en cualquier caso, ninguno de los dos encontraba las palabras adecuadas.

El club había reservado los billetes de avión rápidamente y sin problemas, y Glen llevó a Santiago al aeropuerto.

Aparcaron el coche y Glen esperó mientras Santiago se registraba. Luego caminaron hasta la sala de embarque.

—Bueno, ha llegado el momento —dijo Glen, sabiendo que sus palabras sonaban huecas y superfluas.

—Sí —dijo Santiago, con voz queda. Se sentía atontado desde las noticias de la muerte de su padre. Atontado e impotente, y culpable, irritado y abrumado por la tristeza. Por su padre, por su abuela y por su hermano. Y por sí mismo.

De todos los finales posibles de su aventura en Inglaterra, todo acababa así. Ahora, la única salida que tenía era volver a casa.

—Saluda a tu... Quiero decir, mis mejores deseos para... —Glen seguía buscando las palabras—. Sólo diles que pienso en ellos.

—Gracias, Glen. Por todo —dijo Santiago, y abrazó al hombre que había demostrado más interés y confianza en sus sueños que su propio padre.

Se abrazaron un momento largo y, después, Santiago se giró y cruzó la sala de embarque sin mirar atrás.

Glen se quedó mirando hasta que Santiago desapareció. Sólo entonces se secó las lágrimas que le corrían por las mejillas.

Santiago se quedó sentado en la sala de embarque, ajeno a todo lo que sucedía a su alrededor, pensando sólo en su padre. Las humillaciones, los reproches, la negación obstinada a no creer que algún día su hijo pudiera ser algo más que un jardinero a sueldo.

Siempre había sido así, desde que tenía uso de razón.

Sus recuerdos volvieron a aquella noche, hacia tiempo, cuando salían de México.Volvió a ver las luces de rastreo cortando la noche. Vio a su familia y a los otros escapando de los guardias fronterizos, la cuesta que acababa en la brecha en la enorme valla de la frontera.

Se vio a sí mismo llegando ante la valla, inclinándose para pasar por la brecha abierta, y el momento en que su preciado balón se le había caído de las manos y rodaba botando cerro abajo. Se vio a sí mismo queriendo correr para ir a buscarlo, y a su padre, que lo cogía de un brazo.

—Olvídalo, es sólo una estúpida pelota.

—Sólo una estúpida pelota —murmuró Santiago—. Sólo una estúpida pelota.

—Señor, estamos embarcando.

Santiago levantó la mirada y se encontró ante un auxiliar de vuelo uniformado que lo miraba. No se había dado cuenta del aviso de embarque y vio que la sala de su vuelo estaba vacía.

—Tiene que darse prisa, señor.

Santiago cogió su bolsa y se incorporó. Le entregó al auxiliar su pase de embarque y empezó a caminar. No hacia la puerta de embarque sino en sentido contrario.

Alan Shearer y Nicky Butt habían lanzado miles de tiros libres durante sus carreras profesionales, pero seguían practicando: intentado curvar la trayectoria del balón, dándole potencia y efecto, con el empeine o con el exterior del pie. Siempre había algo que ensayar, elaborar y ajustar.

Trabajaban juntos, observándose mutuamente, intercambiando consejos y haciendo comentarios. A pocos metros de ahí, Dornhelm y Mal Braithwaite trabajaban con otros jugadores del primer equipo, ensayando jugadas de pizarra.

Dornhelm fue el primero que vio a Santiago. Se había girado casualmente en dirección a los vestuarios. Santiago se acercaba trotando, vestido para entrenar.

Dornhelm observó y esperó hasta que Santiago se detuvo frente a él, como un soldado que se presenta ante su superior.

—¿Y tú que haces aquí?

En la respuesta del joven mexicano latía una especie de renovada ilusión.

—Estaba sentado en el aeropuerto, ¿vale? Y pensé,

ahora tengo un pretexto, una justificación que darle a mis compañeros por qué las cosas no habían funcionado: "Lo que pasa es que ha muerto mi padre. Tengo que volver a casa para ocuparme de los negocios."

El juego se había detenido. Shearer y Butt habían interrumpido su ejercicio y todos escuchaban.

Santiago miró a Dornhelm con un dejo de dureza.

—¿Sabe por qué necesitaba una justificación?

—No, no lo sé —dijo Dornhelm.

—Porque así me enseñó a pensar mi padre. Quería arrancarme mi seguridad, quería que fuera imposible para mí tener... aspiraciones... ¿Me entiende?

—Entiendo —dijo Dornhelm.

—¡Pero no necesito justificaciones ni pretextos! ¡La única persona que me puede decir que no soy lo bastante bueno es usted! ¡E incluso puede que ni siquiera le crea! ¿Me entiende?

—Ya lo creo —dijo el técnico—. Te entiendo.

—Me gustaría poder hablarle así —dijo Gavin a sus compañeros, que sonreían.

Se quedaron mirando cuando Santiago pasó a su lado y se dirigió a donde Shearer y Butt se entrenaban con una docena de balones en el campo. Sin esperar a que lo invitaran, Santiago se lanzó en una breve carrera y metió la primera pelota en una esquina de la escuadra.

Volvió sobre sus pasos, le dio al segundo balón y lo metió en la esquina opuesta. Y luego el tercero y el cuarto y el quinto, que despachó con la misma elegancia. Nadie dijo nada, sólo observaban. Finalmente, Santiago colocó la sexta pelota y le dio más fuerte de lo que jamás había chutado, y la encajó en la parte alta de la red.

Se giró con los ojos encendidos, como desafiando a Braithwaite o Dornhelm. Cuando ellos no pusieron reparos, miró a Butt y luego a Shearer.

—Muy bien —dijo Shearer, sonriendo—. Ahora, haz el favor de ir a buscarlas, ¿vale?

—Tú me entiendes, ¿no, abuela? —dijo Santiago, que hablaba por teléfono.

—Claro que te entiendo, Santi, no tiene sentido volver —respondió Mercedes—. Lo hecho, hecho está. Es la voluntad de Dios. Tu padre era demasiado testarudo para reconocerlo, pero sé que estaba orgulloso de ti. Todos estamos orgullosos.

Santiago no pensaba discutir con su abuela acerca del orgullo que su padre sentía por su hijo futbolista. Él tenía sus ideas, su abuela las suyas, y era mejor dejarlo así.

—Te quiero, Abuela —dijo.

—Y yo a ti, Santi.

Santiago colgó. Había vuelto a casa de Glen. Estaba feliz de haber vuelto y Glen feliz de tenerlo en casa.

Glen había tenido el tacto de salir mientras Santiago hacía esa difícil llamada a su abuela Mercedes. Pero no había sido tan difícil como lo imaginaba Santiago. La anciana comprendía perfectamente el razonamiento y la decisión de su nieto, como siempre lo había comprendido.

Santiago quería contarle a Glen lo de su conversación y, al oír que se abría la puerta, pensó que su amigo volvía a entrar. Era Roz.

—Glen me ha dejado entrar —dijo.

—¿Dónde se ha metido?

—Ha salido a caminar. ¿Me puedo quedar? Si quieres, me iré.

—No, por favor, quédate.

Roz sonrió y entró en el salón. Vio el nicho con los recuerdos y las fotos.

—Me recuerda a mi piso.

Ahora era Santiago el que sonreía.

—Eso fue lo que pensé cuando estuve en tu casa.

Durante un rato, guardaron un silencio incómodo, hasta que Santiago la invitó a sentarse en el sofá con un gesto. Él se sentó a su lado.

—Pensé que estabas enfadada conmigo. Por lo de la foto en el periódico.

—Ahora no tiene importancia —dijo ella, y lo miró—. ¿Cómo te sientes?

—Bien, creo. Lo peor es que nunca hice las paces con mi padre.

—Él nunca hizo las paces contigo, Santi.

Santiago pensó en su padre. Lo vio como lo había visto tantas veces a lo largo de los años. Trabajando, dejándose el pellejo en los jardines, junto a los caminos o en el monte. Cavando, rastrillando, recogiendo hojas, cortando el césped.

—Lo abandoné. Y él nunca me lo perdonó.

—De eso no puedes estar seguro. Todas esas fotos que mandaste a casa. Quizá él guardaba una en su cartera.

El cielo afuera comenzaba a oscurecerse. Los vientos del norte, las nubes grises y cargadas, el frío penetrante y la lluvia que no paraba ya no eran fenómenos desconocidos o poco familiares para Santiago.

—Mi casa —dijo—. Ya no estoy tan seguro de dónde está mi casa.

—Yo sí sé —dijo Roz—. Es verde, y tiene porterías en los dos extremos.

Veintisiete

Se acercaba el final de la temporada. Quedaba un partido. Un partido que determinaría la temporada siguiente, y quizá muchas otras temporadas para el Newcastle United en el futuro. La Champions no sólo era importante. Era decisiva.

En la sala de prensa en las instalaciones del campo, Dornhelm repasaba las tácticas con el equipo titular mientras miraban vídeos de partidos anteriores en una gran pantalla de plasma.

Dornhelm congeló la imagen y pulsó la tecla REWIND en el mando a distancia. Volvió a congelar la acción en una jugada del partido contra el Fulham y señaló la pantalla.

—¿En qué estábamos pensando aquí? ¿Quién cubre a Malbranque? Y aquí, ¿quién cubre a Boa Morte? —Se giró y señaló con la cabeza a dos de sus defensas—. Ustedes dos, juegan demasiado cerca. No están casados. Ya es hora de que lo sepan.

Unos cuantos jugadores rieron por lo bajo mientras los dos defensas se removían en sus asientos.

Dornhelm apagó el video y la pantalla.

—Hemos tenido algunos buenos resultados, pero todo depende de este último partido.

—Y sólo es el Liverpool —dijo alguien, desde las filas de atrás.

—Así es. El Liverpool. Y si les dejan un hueco, aunque sea así de pequeño, ya pueden ir haciendo las maletas para las vacaciones. Ya pueden ir a jugar golf a Marbella. No se molesten en presentarse al partido.

Todos sabían que Dornhelm tenía razón. Durante la mayor parte de la temporada, sólo habían mostrado atisbos del fútbol que sabían jugar. Pero la temporada no habría acabado hasta que sonara el silbato final.

—Una pregunta, jefe —dijo Alan Shearer.

—¿Alan?

—¿Dónde está Santiago?

—Acaba de fallecer su padre. Ya has visto cómo está de tocado. Necesita tiempo para sobreponerse.

—Lo superaría mucho más rápido si jugara en el equipo.

—Es verdad —dijo Gavin Harris—. Y nos irían bien sus pasos de salsa si queremos reventar al Liverpool.

Los jugadores no eran los únicos que reclamaban a Santiago en el equipo.

Desde su intervención en el partido contra el Fulham, todos en Tyneside hablaban de él. En las tabernas y en los clubes, en los cafés y en los bares, el apellido Muñez estaba en boca de todo el mundo. Incluso le habían dedicado un disco en una emisora local.

Las opiniones de la prensa eran encontradas. Algunos columnistas le pedían a Dornhelm que incluyera al nuevo niño maravilla, mientras que otros se decantaban por una perspectiva más cauta, temiendo que Muñez fuera estrella de un solo partido. Con algo tan importante en juego, escribían, lanzar al chaval a la arena de St. James Park podía ser demasiado arriesgado.

Todos tenían su opinión, sobre todo en St. James Park. Desde los hombres de la limpieza hasta los empleados del estacionamiento, desde los porteros hasta los directivos, todos estaban convencidos de que sabían cuál era el secreto del éxito para el sábado.

Dornhelm escuchaba las opiniones, leía los periódicos y se guardaba discretamente sus propias opiniones. Sólo una persona elegiría a los miembros del equipo para el último encuentro de la temporada. Esa persona se llamaba Erik Dornhelm.

Tres días antes del partido estaba trabajando en su despacho en el estadio cuando lo llamó el encargado de mantenimiento. Se requería urgentemente su presencia.

Salió de su despacho, bajó por una escalera mecánica hasta el nivel del campo y cruzó por un túnel de servicio que conducía al terreno de juego.

Lejos, a su derecha, divisó a una figura solitaria que lanzaba tiros libres, un balón tras otro, a la red. Dornhelm sacudió la cabeza y pisó el campo.

Santiago dejó de practicar cuando vio que Dornhelm se acercaba.

—¿Qué tal te va?

—Bien, jefe.

Dornhelm esperó un momento antes de seguir.

—Es una experiencia difícil perder al padre. Todavía recuerdo cuando murió el mío.

—Gracias, jefe.

—No deberías estar aquí —dijo Dornhelm, mirando las marcas en el césped—. El encargado del césped está muy cabreado. Para él, este terreno es sagrado.

—Lo siento. Sólo quería ver cómo se sentía uno al jugar en un campo como éste.

Dornhelm se acercó al balón que Santiago había colocado para el próximo disparo y lo recogió.

—Es otra cosa cuando hay cincuenta y dos mil personas mirando. Ya entenderás lo que te digo el sábado.

Santiago asintió con la cabeza y entendió perfectamente lo que Dornhelm le estaba diciendo.

—Contamos contigo —dijo Dornhelm—. ¡Y quita ya del campo!

En Foy Motors, el ritmo de trabajo siempre decaía cuando se acercaba el día del partido. Había mucho de que hablar. La selección del equipo. Las tácticas. La alineación. Todo tenía que discutirse y debatirse y había que tomar decisiones.

Glen no se podía quejar. Él mismo alentaba ese clima. Y era tan justo en las cuestiones del fútbol como lo era en todo lo demás. Nunca decía que él sabía más, que había estado en el fútbol casi toda la vida, que era un profesional. Se limitaba a escuchar, discutía y razonaba como uno más de sus empleados. Quizá por eso nunca había llegado a puestos de dirección en el fútbol. O quizá sólo era mala suerte.

Los obreros y la dirección de Foy Motors habían disfrutado de su discusión ampliada a la hora de comida y habían vuelto al trabajo de mala gana, aunque no por presión de Glen. Glen estaba en su despacho y los demás tenían las cabezas metidas en los capós de los coches cuando llegó Santiago. Nadie se dio cuenta, pero Santiago ya se lo esperaba. Se acercó a un barril de aceite, levantó los brazos y lo golpeó con ambas manos como si fuera un bongo.

Alguien apagó la radio. Glen salió de su despacho y Foghorn, Phil y Walter aparecieron, como por arte de magia, limpiándose las manos en un trozo de trapo.

—¿Qué pasa? —preguntó Glen cuando vio a Santiago.

—Quería que fueran los primeros en saber —dijo Santiago sonriendo.

—¿Saber qué?

—Estoy en la alineación del partido contra el Liverpool.

Glen apretó los puños.

—¡Sí! —tronó Foghorn, mirando a Phil—. ¿No te lo había dicho? —dijo, y se volvió hacia Santiago—. El primer día que te vimos, le dije a Phil, ese chico tiene lo que hay que tener. ¿No es cierto, Phil?

—No.

—Sí que te lo dije, maldita sea. ¿No es verdad, Walter?

—No.

—Que sí, que lo dije.

—Dijiste que no tenía ni la más mínima posibilidad —dijo Walter, guiñándole un ojo a Santiago—. Pero, ya ves, siempre se equivoca. Te felicito, chico.

Glen casi no podía contener la alegría. No se había sentido tan feliz desde que él mismo había vestido la camiseta blanquinegra del Newcastle.

—Esto merece una celebración. Un bar, chicas y alcohol.

—¿Quéee? —preguntaron al unísono Santiago y Foghorn.

—Es una broma —dijo Glen, riendo—. Para ti esta noche, una película en la tele, un pastel de carne y a dormir temprano —dijo a Santiago.

La reputación de cocinero de Glen era bien conocida.

—En tu lugar, Santiago —aconsejó Foghorn—, yo renunciaría al pastel de carne.

Veintiocho

Día del partido. Newcastle. La ciudad del blanco y el negro. Desde tempranas horas de la mañana, la tensión y la emoción iban en aumento. Las banderas colgaban sobre las puertas de las tabernas, publicitando la alternativa para los miles de aficionados que carecían de entradas de temporada: EL PARTIDO. AQUÍ, EN DIRECTO.

No era necesario decir de qué partido se trataba. Sólo hay un partido para los incondicionales del Newcastle.

Las calles estaban congestionadas por los atascos y por los grupos de peatones, todos de camino al mismo sitio, al estadio de St. James.

Santiago llegó temprano, deseoso de empaparse del ambiente. Esta vez, cuando pasó por el túnel subterráneo por debajo del estadio, tenía pleno derecho a cruzar las puertas de cristal de doble batiente, algo permitido sólo a los jugadores y al personal autorizado.

El portero le sostuvo la puerta y le sonrió.

—Buena suerte, Santi.

Santiago se lo agradeció asintiendo con la cabeza y siguió hasta cruzar la puerta siguiente. Había llegado el momento, y ahora se encontraba en el espacio, sorprendentemente pequeño, del enorme estadio reservado para el asunto en cuestión, a saber, la preparación del partido.

En todos los otros sectores del estadio había oficinas, salas de recepción, salas de prensa, salas operativas, salas de reunión, ascensores y escaleras mecánicas, pasillos largos que serpenteaban, casi interminables, de un extremo al otro de las instalaciones.

Pero esta parte era diferente. Éste era el dominio de los jugadores. Frente a Santiago se extendía el túnel de baldosas blancas que conducía al campo. A medio camino del túnel de césped artificial, unos peldaños bajaban y en la pared por encima destacaba un cartel: ARRIBA, CHICOS.

A la derecha de Santiago estaba la sala de los árbitros del partido y, un poco más allá a la derecha, los vestuarios del equipo visitante.

Santiago siguió por la izquierda y entró en el vestuario de los locales. Todo era de una pulcritud clínica. Baldosas blancas del suelo al techo y bancos de madera del mismo color. Sobre los bancos, separados por un espacio perfectamente calculado, estaban los equipos de cada jugador. Pantalones, medias, camisas cuidadosamente plegadas. Santiago vio la suya. No podía tocarla. Todavía no.

Había una mesa de masajes en el centro de la sala, y en un extremo había un enorme bloc de papel, esperando que el director técnico convirtiera sus ideas tácticas durante el descanso en una obra de arte.

Al otro lado de una puerta abovedada estaban las

duchas y los lavabos individuales. Santiago sonrió, recordando las viejas fotos que había visto de los jugadores paseándose por las enormes salas de las duchas comunes.

Se abrió la puerta del vestuario y entró Mal Braithwaite.

—Caray, chico, has llegado temprano.

Pero los minutos volaban. Los aficionados compraban su programa y pasaban por los torniquetes. Los que deambulaban por el exterior abuchearon con sentido del humor al ver que el autocar del Liverpool, con sus vidrios ahumados, llegaba a la rampa de acceso al estadio.

Los que llegaban se acomodaban en los palcos privados y en las salas para personalidades importantes.

En uno de los palcos, Barry Rankin bebía una copa con un par de empresarios locales y sus respectivas mujeres. Se abrió la puerta y entró Glen con Roz y su madre, Carol.

Barry fingió sorpresa.

—¿Tienes un palco privado, Glen? ¿Gentileza de uno de los jugadores?

Glen ignoró el comentario. Carol se había vestido para la ocasión, como en los viejos tiempos. Llevaba un abrigo de imitación de piel y, cuando se desprendió de él, reveló una blusa ceñida y una minifalda de tela de leopardo.

Se sirvió una copa de vino y le sonrió a Glen.

—Esto es vida. Me recuerda los tiempos en que el

padre de Roz era famoso. Tocaban en estadios como éste. Yo estaba detrás del escenario con una botella de Jack Daniels y...

—Mamá —dijo Roz, antes de que siguiera—. Nada de anécdotas, ¿vale? Esta noche, no.

Carol se encogió de hombros y volvió a mirar a Glen.

—Y, dígame, Glen, ¿es usted soltero?

Glen también buscó algo de beber.

—Sí, chica, y tengo toda la intención de seguir siéndolo. Pero tengo un hijo. Y también tengo una hija.

En ese momento, la hija de Glen, Val, hacía su entrada en la taberna King's Head en Santa Mónica, con Mercedes, la abuela de Santiago, y el hermano pequeño, Julio.

La taberna estaba más concurrida de lo que había estado en el último encuentro del Newcastle. Y esta vez el local estaba dividido entre los que lucían el blanquinegro y los que vestían el rojo del Liverpool.

Había mucho ruido y mucho calor. Y abundaban los vozarrones con acentos poco familiares que intercambiaban pullas y apuestas.

Val condujo a Mercedes hacia una de las pantallas y, al acercarse, Julio tiró del brazo de su abuela y le señaló la imagen que mostraban. El nombre de Santiago aparecía impreso entre los demás suplentes del Newcastle.

—¿Suplentes? —dijo Mercedes—. Pero él tiene que jugar.

—Claro que jugará —sonrió Julio.

Pero no estaba garantizado. Erik Dornhelm había

dado su charla de antes del partido y sus jugadores estaban a punto de salir al campo. Esperaban en el túnel, nerviosos y tensos, preparados. Santiago estaba hacia el final de la fila, todavía vestido con el chándal. Había poco espíritu festivo, escasos intercambios entre los jugadores. Todos sabían lo que había en juego.

De pronto, comenzaron a avanzar, y cuando pasaban debajo del cartel que leía ARRIBA, CHICOS, varios jugadores del Newcastle se empinaban y tocaban aquel rótulo especial. Santiago los imitó. Tenía que tocarlo. Quizá no tendría otra oportunidad.

Cuando salieron al campo, el ruido de las cincuenta y dos mil gargantas lanzando vítores y cánticos era casi ensordecedor.

Santiago se instaló en uno de los asientos estilo línea aérea y calefaccionado en el fondo del banquillo y vio a Jamie Drew, Hughie Magowan, Bobby Redfern y la mayoría del equipo reserva sentados unas filas más atrás. Jamie sonrió y saludó a su amigo con los pulgares hacia arriba.

En el palco privado, Carol había dejado su copa de vino, no sin reparos, y se había puesto el abrigo y seguido al resto de los invitados al otro lado de las puertas que daban a sus cómodos asientos.

Mientras se instalaba entre Glen y Roz, miró a los dos equipos que se formaban allá abajo.

—Soy una gran aficionada al fútbol —dijo a Glen—. ¿Contra quién jugamos?

Sonó el silbato y comenzó el partido.

Veintinueve

Gordon, el taxista, conducía su taxi por las calles casi desiertas de la ciudad. Tenía que llegar a su destino rápidamente.

Cuando le faltaba poco, la radio del taxi sonó con su estática característica.

—Gordon, tengo una carrera al aeropuerto para ti.

Gordon pulsó un botón.

—No puedo, Tommy, imposible. Llevo a una señora a un centro de prótesis. Le van a poner una pierna nueva, así que es probable que tenga que esperar un buen rato.

Apagó la transmisión y detuvo el taxi. Bajó, cerró las puertas y se dirigió a toda prisa a la taberna.

Estaba llena, pero Gordon tenía un asiento y una pinta esperándole cerca de la pantalla. Gordon era un buen amigo de Foghorn y Phil, de Foy Motors. Se abrió camino entre la densa multitud y el humo azuloso del tabaco y se dejó caer en la silla.

—¿Cómo va? —preguntó, sosteniendo la pinta en alto.

—Hemos empezado corriendo mucho —dijo Phil.

—¿Cuánto tiempo ha pasado? —preguntó Gordon, y tomó el primer trago.

—Un minuto —dijo Foghorn.

Los primeros toques fueron objeto de duras luchas y de una rivalidad feroz. Para todos los jugadores extranjeros de ambos equipos, aquello era una batalla anticuada y dramática, al buen estilo inglés, como si fuera el partido decisivo por la copa.

Era una batalla sin treguas. Ambos bandos jugaban con duras entradas y no pasó mucho rato antes de que el árbitro mostrara la primera tarjeta amarilla y anotara al sancionado.

El desafortunado jugador fue Kieron Dyer. Podría haber sido cualquier otro, pero el árbitro quería dejar claro que no estaba dispuesto a aceptar tonterías.

El Newcastle presionaba y Gavin Harris parecía haber mejorado su juego, y su actuación era la mejor que se le había visto vistiendo la camiseta del Newcastle. Pero cuando una ofensiva fue desbaratada, el Liverpool contraatacó con su típica velocidad y precisión.

El balón cayó a los pies de Harry Kewel al borde del área. Lanzó un disparo que Shay Given hizo bien en rechazar. Cuando un suspiro colectivo surgía de la multitud, Steven Gerard apareció a toda velocidad para dar el golpe mortal.

El estadio entero enmudeció, exceptuando un pequeño sector arriba a la izquierda de las casetas, donde la banda de seguidores del Liverpool se agitaba presa del mismo delirio que sus jugadores abajo en el campo.

Arriba, en el palco privado, Glen ocultó la cara entre las manos, Barry habló por su móvil y Carol esperaba que llegara el descanso para beber otra copa de vino.

En la taberna King's Head, en Santa Mónica, la mitad de los clientes se habían puesto de pie y celebraban, mientras los de la otra mitad intercambiaban miradas de ansiedad y sorbían sus cervezas negras de Newcastle.

Mercedes se giró hacia Julio.

—Necesitan a Santiago. ¿Por qué no lo pone a jugar?

En la taberna en Newcastle, el vozarrón de Foghorn se escuchó por encima de los demás.

—Debería poner a jugar al chico de Glen. Siempre he dicho que es bueno, ¿no, Phil?

—Cállate ya, Foghorn —dijo Phil, y acabó su cerveza—. Esta ronda la pagas tú.

Durante el resto del primer tiempo, siguió el mismo ritmo frenético, y cuando el árbitro señaló el final, Foghorn finalmente se levantó para ir a buscar la próxima ronda.

Los comentaristas de la televisión y los especialistas ya estaban preparados para el análisis de la primera parte.

—La mayoría de las auténticas opciones las ha tenido el Liverpool, pero el gol de Gerrard es lo que separa a los dos equipos en esta primera parte.

—Hablando de perogrulladas —dijo Foghorn, mientras se alejaba con tres jarras vacías.

En el vestuario del Newcastle, el ambiente era más bien apagado mientras jugadores y suplentes escuchaban a su director técnico explicar con voz pausada y tranquila lo que quería y esperaba de su equipo en el segundo tiempo.

—Han hecho muchas cosas bien, y no quiero ver caras derrotadas.

Se volvió hacia el defensa Stephen Carr.

—Le estás dejando demasiado espacio a Kewell en el flanco, y tenemos que pararles las maniobras en el centro del campo.

Carr asintió con la cabeza y Dornhelm volvió su atención a Kieron Dyer.

—Kieron —no puedo arriesgarme a que te muestren otra amarilla —dijo, y miró a Santiago—. Santiago, saldrás tú.

Treinta

—¡Lo ha puesto! —exclamó Glen, y cogió a Roz por el brazo, cuando los equipos volvieron a salir para el segundo tiempo—. ¡Lo ha puesto!

En Santa Mónica, la sustitución no fue una sorpresa para Mercedes.

—¡Por fin! —dijo, y se puso de pie de un salto—. Por fin se ve que el entrenador tiene un poco de sentido común. Ahora veremos otro equipo.

Y en la taberna en el centro de Newcastle, Foghorn acababa de volver con dos jarras llenas y un zumo de naranja para el taxista.

—Sí, ya lo sabemos —anunció Phil antes que Foghorn dijera palabra—. Ya nos lo habías dicho.

—Sí, se lo había dicho —convino Foghorn, y se dejó caer en su asiento.

En el campo, Santiago empezaba a acostumbrarse al volumen increíble del ruido que llegaba desde las huestes del Toon en las gradas del imponente estadio. El partido de Fulham había sido un acontecimiento, pero esto era diferente, total e increíblemente diferente. Santiago sintió que le flaqueaban las piernas, con el corazón martillándole en el pecho, cuando miró a su izquierda y vio a Gavin Harris con los pulgares hacia arriba y una sonrisa de aliento.

Santiago sabía que se sentiría mejor cuando sonara el silbato del árbitro y él pudiera jugar, hacer lo que siempre había soñado en un campo como ése. Pero los segundos pasaban lentos, agónicamente lentos. El árbitro miró su reloj y luego confirmó con los dos jueces de línea que estaban listos para la reanudación del partido.

En esos breves segundos, Santiago revivió el asombroso trayecto recorrido en los últimos años y meses. El niño que practicaba en un poblado mexicano, el joven que usaba espinilleras de cartón y que dominaba en el equipo de los Americanitos, Glen Foy que esperaba para hablar con él junto al autocar destartalado, su abuela desplegando los billetes de viaje sobre la mesa. Y ahora, esto.

Sonó el silbato y la multitud rugió.

Santiago no estaba fuera de lugar, ni por un solo instante. Él había nacido para llegar allí, y sólo en el campo se sentía revivir. Encontró rápidamente su lugar y se ajustó al ritmo del juego. En sus primeros toques, su velocidad y agilidad puso a la defensa del Liverpool en dificultades.

Santiago era un desconocido para los del Liverpool. Nunca habían jugado contra él, a diferencia de los otros jugadores del Newcastle, cuyos trucos y regates al menos intentaban descifrar o prever.

En una de esas carreras, se pitó un corner contra el Liverpool. Santiago se situó en el área y luchó por una posición mientras Kieron Dyer colocaba el balón para sacar.

La pelota llegó con una trayectoria curva y Alan Shearer se alzó, majestuoso, en el segundo poste para devolverla al centro del tumulto en el área. Gavin Harris lanzó una volea a seis metros de distancia, sin dar ni una posibilidad al defensa ni al portero.

La red se infló y la multitud en las gradas se enloqueció. Los jugadores del Liverpool se arrimaron corriendo al árbitro, gritando que los habían empujado o golpeado. Pero el árbitro se giró y señaló el centro del campo.

Empate a uno.

Santiago fue uno más de los jugadores que se lanzaron sobre Gavin Harris para aclamarlo.

En el palco privado, todos se habían puesto de pie, al igual que en el pub del centro de la ciudad. Y en la taberna de Santa Mónica la mitad de los clientes se habían levantado de sus sillas. Los otros pronunciaban las mismas protestas que los jugadores del Liverpool ante el árbitro hacía sólo unos segundos.

—Ya ves —dijo Mercedes a Julio—. Ya te había dicho que mejoraríamos.

—¿Mejoraríamos, Abuela?

—Claro, mejoraríamos. Ahora somos del Newcastle.

Sin embargo, la alegría de las huestes del Toon no duraría mucho. La afición aún cantaba "Blaydon Races" en todo St. James, cuando el Liverpool volvió a adelantarse en el tablero. Las filas de la prensa y los reporteros de radio detrás de las casetas trabajaban a destajo mientras escribían en sus libretas o contaban a gritos los detalles del gol a sus oyentes. Aquello se estaba transformando en un clásico partido de final de temporada, un encuentro del que se hablaría durante años.

Dos a uno, a favor del Liverpool. Y ahora, el Liverpool, capitaneado por el portentoso espíritu competitivo de Steven Gerrard, con la intención de poner al partido lejos del alcance del Newcastle, comenzó a dominar todas las instancias del juego.

Santiago se vio obligado a bajar y ayudar en la defensa. Consiguió hacer una entrada afortunada, pero, al mismo tiempo, cedió un córner.

En el banquillo, Erik Dornhelm se paseaba, nervioso, y sólo volvió a su asiento una vez que el córner fue despejado. Pero el dominio seguía siendo del Liverpool, que presionaba, lanzaba ataques, acercándose a la portería con disparos y cabezazos. Santiago aumentaba su posesión del balón, aunque más como defensa que como centrocampista creativo. Y cuanto más estaba en contacto con la pelota, más se consolidaba su confianza. De pronto, interceptó un pase del Liverpool y, por primera vez encontró un espacio holgado.

Era el momento de encontrar el hueco. Salió disparado como un galgo y pasó a dos defensas antes de enviar un certero centro a Nicky Butt, en el lado opuesto del campo.

Las gradas aprobaron el pase con un rugido colectivo, antes de que un defensa consiguiera despejar de un cabezazo. Cuando el portero del Liverpool recuperó el balón y los jugadores del Newcastle bajaban para defender, Alan Shearer le gritó a Santiago.

—¡Muy buena!

Pasaron los minutos y el juego se fue decantando poco a poco a favor del Newcastle. Interceptaron balones y se adueñaron del medio campo, sobre todo gracias a las intervenciones de Gavin Harris y de Santiago.

Santiago estaba en todas partes, buscando el balón, recuperándolo, queriéndolo, demandándolo como siempre había hecho con los Americanitos. Y empezaba a recibirlo.

Cuando quedaban quince minutos, los defensas del Liverpool perdieron los nervios y cedieron un tiro a puerta a diez metros del área.

Nicky Butt cogió el balón y lo colocó un poco por delante de donde se había producido la falta. El árbitro devolvió inmediatamente el balón hacia atrás y luego contó nueve metros. Los jugadores del Liverpool se quejaban, pero comenzaron a formar la barrera.

Alan Shearer y Nicky Butt esperaban, discutiendo en voz baja cuál de los dos lanzaría.

En la línea de banda, Erik Dornhelm llamó a uno de sus defensas e intercambió con él unas pocas palabras. El defensa asintió con la cabeza y se fue hacia el área. Cuando la barrera del Liverpool estuvo formada, abriéndose paso entre los dos jugadores del Newcastle que habían entrado, Santiago se unió al montón alrededor del balón.

El portero estaba listo, la barrera estaba formada y el árbitro esperaba. Se llevó el silbato a los labios y pitó.

Shearer hizo amago de tomar carrera, pero luego se detuvo en seco, justo cuando Butt se fue hacia el balón y le dio un leve toque hacia el lado, al encuentro de Santiago, que ya venía lanzado.

Fueron seis pasos, y Santiago le dio al balón con el pie derecho. El esférico salió dibujando un arco que pasó junto a la barrera y luego se torció hacia la izquierda. El portero ya se había lanzado estirando los brazos. Pero no alcanzó a llegar, y el balón fue a parar al extremo superior izquierdo de la red.

Santiago sintió que el ruido le explotaba en los oídos, y se fue corriendo hacia la línea de gol. La visión del *Ángel del norte* le vino a la mente, y extendió los brazos a ambos lados instintivamente, hasta que detuvo su carrera para recibir los aplausos, la ovación y los abrazos. Acababa de entrar en escena un segundo ángel del norte.

Treinta y uno

—¡GOOOOOOLLL! —gritó Julio en la King's Head, en Santa Mónica, imitando con estilo más que aceptable el legendario grito del comentarista Andrés Cantor, con lo cual hizo callar las otras celebraciones del Newcastle, porque todos los *geordies* se giraron para mirarlo.

—¡Ése es mi nieto! —exclamó Mercedes, señalando la pantalla—. ¡Su hermano!

Ahora miraban hasta los seguidores del Liverpool.

—¡Es verdad! —secundó Val, la hija de Glen—. ¡Y son de aquí!

—Entonces no debería estar allá atrás —dijo uno de los *geordies*—. Venga a sentarse aquí adelante.

Se abrió la hilera de sillas y todos se apartaron para dejar paso a Mercedes, Julio y Val hasta la primera fila, donde les obsequiaron las mejores sillas.

—Yo conocí al padre del chico —dijo el *geordie* grandullón sentado junto a Mercedes.

—¿Qué? ¿Cómo fue eso?

—Estaba aquí. En este sitio. Cuando lo del partido

contra el Fulham. Estaba fuera de sí viendo jugar a su hijo. Le pagué una jarra.

—¿Han oído eso? —preguntó Mercedes, mirando a Julio y Val.

—Sí —dijo Julio.

—Es una alegría escucharlo —dijo Val.

Mercedes miró la pantalla. Apenas podía ver la imagen. Tenía los ojos bañados en lágrimas.

Cuando Santiago corrió al otro lado de la línea del medio campo, escuchó los cánticos que venían del extremo de Gallowgate. Era su nombre. Estaban coreando *su nombre*.

En la banda, apareció el cuarto árbitro y sostuvo en alto el tablero electrónico. Brilló el número 3. Tres minutos. Sólo tres minutos para reclamar una plaza en la Liga de Campeones.

—¡Venga, muchachos! —gritó Alan Shearer, mirando a sus compañeros y aplaudiendo—. ¡Vamos allá!

El Liverpool no iba a entregarse sin más. Un punto en el campo de St. James en un partido decisivo como ése sería una hazaña memorable. Y todavía les quedaba una oportunidad. Un solo punto por el empate no le serviría de nada al Newcastle. Necesitaban los tres puntos para la clasificación, y en su afán de vencer, podían verse sorprendidos por un contraataque fulgurante.

Fue exactamente lo que sucedió. El Newcastle avanzó y perdió el balón. El Liverpool se lanzó hacia delante. Voló un balón incierto en el campo del Newcastle y, mientras las huestes del Toon aguantaban la respiración, sólo una intercepción de Stephen Carr, que se había anticipado a la jugada, evitó el desastre.

La defensa se convirtió inmediatamente en ataque y Gavin Harris controló un balón aéreo. Avanzó, atrayendo a dos rivales, y luego envió un pase perfectamente medido en la trayectoria de Santiago.

Santiago controló el balón en movimiento y, con un arranque de prodigiosa velocidad, esquivó primero a un jugador del Liverpool y luego a otro.

Se abrió el camino del gol. Gavin Harris iba lanzado hacia el área por un lado del campo mientras Santiago seguía corriendo. Pero ahora también volvían los defensas.

Erik Dornhelm se levantó de un salto al ver a Santiago acercarse a la portería.

—Pásala —masculló, con voz agorera, mientras le venían a la memoria los recuerdos del partido contra el Fulham y las sesiones de entrenamiento.

Santiago llegó al borde derecho del área y el portero salió a tapar el estrecho ángulo y desbaratar así cualquier intento de disparo a puerta.

—Pásala —gruño Dornhelm, ahora en voz más alta—. ¡Pásala!

Santiago echó atrás el pie derecho, como si fuera a intentar el disparo. Pero entonces lanzó un pase medido al milímetro, hacia el poste opuesto, para que Gavin Harris lo metiera con un ligero y mortal toque en plena carrera.

Y Gavin no paró de correr. No hasta que llegó al banderín del córner. Cuando se giró, fue inmediatamente sepultado por el montón de jugadores del Newcastle, entre ellos el eufórico Santiago.

El estadio entero tembló con el estruendo de las aclamaciones y el griterío de júbilo.

En la banda, Mal Braithwaite abrazó a Dornhelm.

—La ha pasado —murmuraba Dornhelm, fuera de sí—. La ha pasado.

En la taberna en el centro de Newcastle, Foghorn abrazaba a cualquiera que se le pusiera a tiro.

En Santa Mónica, Mercedes abrazaba a su nieto, mientras la mitad de la clientela rugía el ¡GOOOOOOLLL! Entre los gritos y las celebraciones, Val hurgó en su bolso, sacó su teléfono móvil y empezó a marcar un número.

En el palco privado, Roz abrazaba a su madre y a Glen. Y cuando éste finalmente acabó sus festejos, Barry Rankin se inclinó para hablarle.

—Tendríamos que hablar sobre el futuro de ese chico.

—¿Hablar de qué?

—De su representante. Tendrá que tener cuidado, Glen. Hay mucho escualo suelto por allá afuera.

—Eso ya lo sabía, Barry —dijo Glen, sonriendo—. Por eso Santiago ha firmado conmigo.

—¿Qué?

—Lo que has oído. Conmigo. Deberías acordarte de ello, la próxima vez que te metas en un jacuzzi en Malibu.

Barry Rankin volvió a ser eclipsado cuando, por una vez, empezó a sonar un teléfono móvil que no era el suyo.

Glen sacó el móvil y se lo pegó a la oreja, intentando escuchar en medio de los vítores que recorrían el estadio.

—Hola,... ¿Val?

—... ¿Qué?

Pero el partido aún no había acabado. El director técnico, el primer entrenador y la afición, todos contaban los segundos durante esos momentos finales en que el dramático espectáculo llegaba a su fin.

—¡No lo suelten! ¡No suelten el balón! —gritaba Dornhelm a sus hombres.

—¡Cierren filas! —chillaba Braithwaite—. ¡Concentrados!

El último minuto pareció una hora. El Liverpool se fue adelante con todos sus jugadores, a la vez que el Newcastle traía todos los suyos a la defensa.

Y llegó el momento en que el árbitro confirmaba con sus dos asistentes y se llevaba el silbato a los labios.

Los dos silbatos cortos y uno largo señalaron el final del partido, el final de la temporada y la consecución del añorado premio de clasificarse para la Champions.

Todos los jugadores del Newcastle en el campo levantaron los brazos con gesto triunfal cuando el equipo técnico y los suplentes invadieron el campo.

Santiago escuchó su nombre coreado por miles de personas, y miró, sobrecogido, las gigantescas olas blanquinegras que se le rendían en las gradas.

Steven Gerrard y luego Sami Hyppia se acercaron a estrecharle la mano y a felicitarlo. Gavin Harris se acercó corriendo, lo levantó en vilo y, con un abrazo de oso, le quitó el poco aire que le quedaba en los pulmones.

Y cuando volvió al campo y Gavin se había alejado corriendo para recibir los saludos de su entrenador, Santiago volvió a alzar los brazos. Y saludó. Mientras miles de voces cantaban su nombre, él se giró hacia los cuatro puntos del estadio, uno tras otro. Y saludó.

Treinta y dos

Glen había bajado corriendo desde el palco privado, había seguido por la escalera mecánica como un bólido, había salido del estadio y vuelto a entrar por la puerta de jugadores y personal autorizado.

El conserje no intentó detenerlo. Nadie intentó detenerlo. A nadie le importaba.

Cruzó la segunda puerta hacia el túnel de los jugadores y se abrió paso entre los hombres del Liverpool que se dirigían a los vestuarios.

—Buen partido, chicos —dijo, avanzando en la dirección contraria. Y lo decía en serio. Había sido un partido extraordinario.

Salió a toda prisa del túnel y vio a Santiago a sólo unos metros. Santiago seguía saludando a la multitud en las gradas.

—¡Santi! —gritó—. ¡Santi!

Santiago oyó la voz y se giró.

—¡Glen! —Corrió hacia él, dispuesto a abrazar al hombre que había conseguido que sus sueños aparentemente imposibles se hicieran realidad. Pero antes de que pudiera echarle los brazos al cuello, Glen le puso el móvil por delante.

—¡Alguien quiere hablar contigo!

—¿Qué?

—Toma el teléfono, Santi.

Santiago cogió el teléfono con manos temblorosas y se lo llevó a la oreja.

—¿Aló?

La taberna King's Head era un tumulto de voces mientras corría la cerveza de Newcastle, pero Mercedes gritó para asegurarse de que su nieto oyera lo que decía.

—¡Santiago! ¡Hemos visto el partido! Julio y yo. Nos ha traído la hija de Glen. Has estado fantástico. Y te diré otra cosa. Acerca de tu padre.

—¿Mi padre?

Mientras la celebración seguía en St. James y en Santa Mónica, Santiago escuchó la historia que le contaba su abuela. Asentía con la cabeza mientras ella seguía. El corazón le martillaba en el pecho, y en sus ojos brotaron lágrimas. Cuando quiso hablar, se le atascaron las palabras en la garganta. Finalmente, consiguió balbucear.

—Gracias, Abuela. Adiós.

Apagó el teléfono y se lo devolvió a Glen.

—Mi padre me vio cuando jugamos contra el Fulham. Fue a verme jugar —dijo, con voz apagada por la emoción.

—Así es, chico —dijo Glen, asintiendo con la cabeza—. Y seguro que hoy también te habrá visto.

Abrazó al joven jugador y luego lo hizo girarse hacia el palco privado allá arriba.

Roz le hacía señas. Cuando vio que Santiago la había divisado, le lanzó un beso.

Cincuenta mil *geordies* coreaban y cantaban sus alabanzas.

Santiago miró hacia las gradas y recorrió el estadio con la mirada, los rangos cerrados de banderas blanquinegras. Después, volvió a mirar hacia el terreno verde del campo, con las porterías en los dos extremos.

Roz tenía razón.

Estaba en casa.

Y, con gesto triunfal, Santiago alzó los puños en el aire.